KB212569

Walt Whitman's Songs

Walt Whitman

지은이

월트 휘트먼 Walt Whitman, 1819.5.31~1892.3.26

월트 휘트먼은 미국 뉴욕주 롱아일랜드의 가난한 집안에서 태어나 5년간의 공립학교 생활을 마치고, 변호사 사무실 사환, 인쇄소 수습공, 교사, 신문잡지 편집인, 건설노동자 같은 다양한 삶을 체험하였다. 그런 삶들에 대한 솔직하고 거침없는 기록이 그의 시집 『풀잎』으로, 에머슨은 『풀잎』 초판을 받아 보고 "미국이 지금까지 이룩한 재기와 지혜 중 가장 탁월하다"라고 환호하였다. 휘트먼은 짧은 역사의 미국문학을 자신만의 고유한 필치와 형식으로 집대성하여 미국문학의 토대를 다지고 그만의 색깔로 인류 보편의 문제들을 아낌없이 감싸고 포용함으로써 미국문학이 세계문학으로 도약할 계기와 발판을 마련하였으며, 시의 형식과 내용의 측면에서 20세기 현대 영시의 나아갈 방향도 예시한 위대한 시인이었다.

엮고 옮긴이

김천봉 金天峯, Kim Chun-bong

1969년에 완도에서 태어나 항일의 섬 소안도에서 초·중·고를 졸업하고, 숭실대 영문과에서 학사와 석사, 고려대 대학원에서 박사학위를 받았다. 숭실대와 고려대에서 영시를 가르쳤으며, 19~20세기의 주요 영미 시인들의 시를 우리말로 번역하여 소개하고 있다. 『윌리엄 블레이크, 마음을 말하면 세상이 나에게 온다』, 『에밀리 디킨슨—나는 무명인! 당신은 누구세요?』, 『사라 티즈데일—사랑 노래, 불꽃과 그림자』, 『에이미 로웰—이 터질듯한 아름다움』과 『W. B. 예이츠—술은 입으로 들어오고 사랑은 눈으로 들어온다』를 냈다.

소명출판영미시인선 05

월트 휘트먼 시선집

월트 휘트먼의 노래 1

초판발행 2025년 3월 15일

지은이 월트 휘트먼
엮고 옮긴이 김천봉

펴낸이 박성모
펴낸곳 소명출판
출판등록 제1998-000017호
주소 서울시 서초구 사임당로14길 15 서광빌딩 2층
전화 02-585-7840
팩스 02-585-7848
이메일 somyungbooks@daum.net
홈페이지 www.somyong.co.kr

ISBN 979-11-5905-578-2 03840
ISBN 979-11-5905-802-8 (전2권)

정가 16,000원

소명출판영미시인선 05

월트 휘트먼 시선집

월트 휘트먼의 노래 1

Walt Whitman's Songs

월트 휘트먼 지음
김천봉 엮고 옮김

차례

나는 나 자신을 찬미하고
나 자신을 노래한다

단번에 나를 불러내지 못한다고 용기를 잃지 마라.
한 곳에서 나를 놓치거든 다른 곳에서 찾아보라.
나는 어딘가에 멈추어 당신을 기다리고 있을 것이다.

한 사람의 자아를 나는 노래한다

One's-Self I Sing

한 사람의 자아를 나는 노래한다, 단일의 독립된 개인을,
또 민주적이라는 말, 모두-함께라는 말을 외친다.

내가 노래하는 머리끝에서 발끝까지의 생리에서
얼굴 모습만 혹은 뇌만 뮤즈에 어울리는 것이 아니다.
나는 완전한 형식이 훨씬 더 가치 있다고 주장한다.
남자와 함께 여자도 동등하게 나는 노래한다.

열정, 맥동과 힘이 넘치는 삶에 대해,
발랄하고, 성스러운 법칙들에 따라 이루어지는 아주 자유로운 행동에 적합한
현대인에 대해 나는 노래한다.

나가는 아이가 있었다

There Was A Child Went Forth

매일 나가는 아이가 있었다.

그가 바라보는 첫 번째 물체, 그는 그 물체가 되었다.

그리고 그 물체는 그날 혹은 그날의 일부 시간 동안,

아니면 여러 해 혹은 이어지는 세월의 주기들 동안, 그의 일부가 되었다.

일찍 핀 라일락이 이 소년의 일부가 되었고,

풀과 하얗고 붉은 나팔꽃들과 하얗고 붉은 클로버와 딱새의 노래,

석-달 된 어린 양들과 암돼지의 분홍빛-아련한 한배 새끼들과 암말의 망아지와 암소의 송아지,

농가 마당이나 연못-가의 진창 옆에서 삐약삐약 우는 병아리들,

그리고 그 연못 밑에 너무나 신기하게 떠 있는 물고기들과 아름답고 신기한 액체,

단아하고 납작한 꽃송이들이 맺혀 있는 수초들, 모두가 그의 일부가 되었다.

네 번째-달과 다섯 번째-달의 들판-새싹들이 그의 일부가 되었다,

겨울-곡식 새싹들과 연노랑 옥수수의 새싹들과 정원의 식용 뿌리 작물들,

그리고 꽃들과 그 후의 열매로 뒤덮인 사과-나무들과 산-딸기들과 길가의 흔하디흔한 잡초들,

그리고 느지막이 자리를 뜬 술집의 옥외변소에서 나와 비틀비틀 집으로 돌아가는 술고래,

학교로 가는 길에 지나치던 여교사,

지나치던 다정한 소년들과 걸핏하면 싸우던 소년들,

깔끔하고 상큼한-얼굴의 소녀들과 맨발의 흑인 소년과 소녀,

그리고 어디든 그가 갔던 도시와 시골의 온갖 변화들까지.

그의 부모, 그를 잉태하게 만든 아버지와 자궁 안에 그를 배서 그를 낳아준 어머니,

그들은 이 아이에게 그보다 더 많은 자기 자신들을 주었다.

그들은 그에게 그 후의 모든 날을 주었다. 그들과 그날들이 그의 일부가 되었다.

집에서 저녁 식탁에 조용히 음식 접시들을 차리는 어머니,

온화한 말씨, 말끔한 모자와 실내복에, 지나갈 때면 몸과 옷에서 풍기는 좋은 냄새를 지니고 있던 어머니,

강하고, 자족적이고, 남자답고, 사납고, 화 잘 내고, 불공평했던 아버지,

구타, 즉각적인 야단, 야박한 합의, 치사한 유혹,

가족의 습관들, 말씨, 손님, 가구, 동경과 부푸는 가슴,

부정할 수 없는 애정, 주어진 현실에 대한 자각, 어차피 이루지 못하리라는 생각,

낮-시간의 의심들과 밤-시간의 의심들, 이러면 어떨까 저러면 어떨까 궁금한 마음,

그럴 것 같은 것이 정말 그럴까, 아니면 모두 섬광에 비치는 얼룩 같은 것일까?

거리에 금시에 모여드는 남자들과 여자들, 혹시 그들도 섬광에 비치는 얼룩 같은 존재들이 아닐까?

거리들 자체와 집들의 정면들, 그리고 창문 안의 물건들,

탈것들, 끄는 동물들, 묵직한-판자로 덮인 부두들, 선착장의 커다란 연락선들,

해질녘에 멀리서 보이는 고지대 마을, 그 사이에 있는 강,

그림자들, 해무리와 안개, 2마일 밖의 흰색 혹은 갈색 지붕들과 박공들에 쏟아지는 햇살,

아주 가까이서 졸린 듯이 물결 따라 나아가는 큰 범선, 고물의 느슨한 밧줄에 매여 끌려가는 작은 배,

허둥지둥 뒹굴뒹굴하는 파도들, 연달아-부서지는 물마루들, 찰싹찰싹 소리,

층층이 쌓인 색색의 구름들, 고독하게 홀로 떨어져 있는 적갈색의 기다란 빛 띠, 가만히 정지한 채 퍼져가는 순결한 빛 띠,

지평선의 끄트머리, 날아가는 붉은부리갈매기, 바닷물이 드나드는 늪지와 해변 뻘밭의 내음,

이런 것들이 매일 밖으로 나갔고, 지금도 나가고, 앞으로도 변함없이 매일 나갈 그 아이의 일부가 되었다.

오 나여! 오 삶이여!

O Me! O Life!

오 나여! 오 삶이여! 이렇게 되풀이되는 문제들,

믿음 없는 이들의 끝없는 행렬들, 어리석은 이들로 가득한 도시들,

끝없이 나 자신을 책망하는 나 자신, (누가 나보다 어리석고, 누가 더 믿음 없으랴?)

헛되이 빛을 갈망하는 눈길들, 하잘것없는 목표들, 늘 다시 시작되는 투쟁,

만사의 초라한 결과들, 주위를 둘러보면 지척거리고 지저분한 군중들,

그 나머지 사람들의 공허하고 쓸모없는 세월들, 그 나머지와 내가 서로 뒤얽혀,

너무도 슬프게, 되풀이되는 문제, 오 나여!—이런 와중에 무슨 소용이 있으랴, 오 나여, 오 삶이여?

해답은

네가 여기에 있다는 것 — 삶과 본인이 존재한다는 것이다,

그 강력한 연극이 계속되는 한, 너는 시로 기여할 수

있다는 것이다.

기적들

Miracles

왜, 누가 기적을 대수롭게 여기는가?

나는 기적들 말고는 아무것도 모른다.

내가 맨해튼의 거리들을 걷든,

나의 시선을 집들의 지붕 너머 하늘로 던지든,

맨발을 물의 가장자리에 살짝 담그고 해변 따라 걸어가든,

숲속의 나무 아래 서 있든,

낮에 내가 사랑하는 누군가와 얘기를 나누든, 밤에 침대에서 내가 사랑하는 누군가와 잠을 자든,

식탁에 앉아서 타인들과 식사를 하든,

차를 타고 가다가 나의 맞은편에 있는 낯선 이들을 바라보든,

어느 여름날 오전에 벌통 주변에서 부산떠는 꿀벌들,

아니면 들판에서 풀을 뜯어 먹는 동물들,

아니면 새들, 혹은 허공에 떠 있는 곤충들의 신비,

아니면 일몰, 혹은 아주 고요하고 밝게 빛나는 별들의 경이,

아니면 봄날 초승달의 절미하고 섬세하고 얇은 곡선을

지켜보든,

이런 것들과 그 나머지가 모두 하나같이 나에게는 기적들이다,

전체에 속하면서도, 저마다 특별한 각자의 자리에 있는 기적들.

나에게는 빛과 어둠의 낱낱 시간이 기적이다.

공간의 낱낱 입방 인치가 기적이다.

지표면의 낱낱 제곱 야드가 동등하게 펼쳐져 있다.

내륙의 낱낱 피트가 똑같이 가득 차 있다.

나에게 바다는 잇따른 기적이다.

헤엄치는 물고기들 — 바위들 — 파도들의 동태 — 배들과 그 안의 사람들,

거기에는 또 어떤 손님 기적들이 있을까?

나의 노래

Song of Myself

1

나는 나 자신을 찬미하고, 나 자신을 노래한다
내가 취하는 모습을 당신도 취하리라
나의 몸을 이루는 낱낱의 원자가 당신의 몸도 이루리니.

나는 빈둥거리며 나의 영혼을 초대한다
나는 구부정히 빈둥거리며 편안하게 여름풀의 창날을 관찰한다.

나의 혀, 내 피의 모든 원자가 이 땅, 이 대기에서 형성되었고,
이곳의 부모에게서 태어났다. 그들의 부모도 그랬고, 또 그들의 부모도 그러하였다.
나는, 이제 서른일곱 살 아주 건강한 몸으로 시작한다
죽을 때까지 멈추지 않기를 바라며.

숱한 신조와 학파도 잠시 미뤄두고,

있는 그대로에 만족하되 절대 잊지 않은 채, 잠시 뒤로 물러나,

나는 선도 악도 모두 품고, 나는 온갖 위험을 무릅쓰고 떳떳이 말하려 한다

거침없는 원시의 활기에 넘치는 자연을.

2

집들과 방들이 향기로 그득하다. 선반들이 향기로 꽉 들어차 있다.

나는 나 자신의 체취를 들이마시고 그 향기를 잘 알고 또 좋아한다.

그 증류주 역시 나를 취하게 하고 싶겠지만, 나는 그리 두지 않을 것이다.

대기는 향기가 아니다. 대기는 증류주 맛도 안 나고, 냄새도 없다.

대기는 영원히 나의 입맛에 맞아서, 나는 대기와 사랑에 빠졌다.

나는 숲 가의 강둑으로 가서 숨김없이 벌거벗으려 한다.

나는 나에게 와 닿는 대기의 감촉에 미칠 것만 같다.

나 자신의 숨에서 뿜어져 나오는 연기,

메아리, 잔물결들, 윙윙대는 속삭임들, 사랑-뿌리, 비단실, 나무 가랑이와 덩굴풀,

나의 호흡과 영감, 내 심장의 맥박 소리, 나의 폐를 뚫고 지나가는 피와 공기,

녹색 잎들과 마른 잎들의, 해변과 까무잡잡한 바다 바위들의, 헛간에 있는 건초의 향긋한 냄새,

바람의 소용돌이에 느슨히 풀린 나의 목소리로 분출되는 말들의 소리,

몇 번의 가벼운 키스, 몇 번의 포옹, 쭉 뻗어 얼싸안는 팔들,

나긋나긋한 가지를 흔드는 나무들에 앉아 장난치는 빛과 그림자,

쓸쓸한 혹은 붐비는 거리에서, 아니면 들판과 언덕비탈을 따라가면서 맛보는 기쁨,

건강한 느낌, 한낮의 떨리는 목소리, 침대에서 일어나 해를 맞이하는 나의 노랫소리.

1천 에이커가 많다고 생각했는가? 이 대지를 크다고 생각했는가?

읽기를 배우려고 아주 오래 연습해 보았는가?

시의 의미에 도달해서 큰 자부심을 느껴 보았는가?

오늘 이 밤에 나랑 같이 머물면 당신도 온갖 시의 기원을 터득할 것이다.

당신도 지구와 태양의 가치를 깨달을 것이다. (아직 수백만 개의 태양이 남아있다.)

당신도 더 이상 타인 또는 삼자를 통해 사태를 파악하지 않을 것이다. 죽은 이들의 눈을 통해 보지 않을 것이며, 책 속의 유령들을 먹고 살지도 않을 것이다.

당신은 내 눈을 통해 보지도 않을 것이며, 나를 통해 사태를 파악하지도 않을 것이다.

당신이 모든 면을 귀 기울여 듣고 당신의 자아를 통해 걸러 낼 것이다.

3

이야기꾼들이 하는 이야기, 시작과 끝에 관한 이야기를 들었다.

그러나 나는 시작에 관해서도 끝에 관해서도 이야기하지 않는다.

바로 지금 말고는 어떤 처음도 없었고,

바로 지금 말고는 어떤 청춘도 노년도 없었다.

또 바로 지금 말고는 어떤 완성도 없고,

바로 지금 말고는 어떤 천국도 지옥도 없을 것이다.

욕구 또 욕구 또 욕구,

영구한 세상의 생식욕.

무형에서 대립하는 필적들이 생겨난다, 영구한 물질과 증식, 영구한 성욕,

영구한 긴밀 결합체, 영구한 개체, 영구한 생명체.

상술은 부질없는 짓이다. 학자도 무학자도 그렇다고 느낄 따름이다.

아주 분명히 확실하게, 완전히 똑바로, 잘-엇걸려서, 버팀대들에 죄어있기 때문에,

말처럼 억세고, 다정하고, 도도하고, 전격적인

나로서 또 이 신비체로서 여기에 우리는 서 있다.

나의 영혼은 맑고 향긋하다. 나의 영혼이 아닌 만물도 맑고 향긋하다.

하나가 없으면 둘 다 없고, 안 보이는 것은 보이는 것으로 증명되므로,

결국 그것은 안 보이게 되어 그 증거로 수용된다.

최선을 선보이고 그것을 최악과 갈라놓느라 시대는 시대를 괴롭힌다.

나는 사물들의 완전한 적성과 균형을 잘 알기에, 저들이 토론하는 동안, 아무 말 없이, 멱을 감으러 가서 나의 몸을 찬미한다.

나의 모든 기관과 속성도, 다정하고 맑은 모든 사람의 그것들도 환영한다.

한 치도, 한 치의 티끌만큼도 하찮은 것은 없기에, 누구도 그 나머지보다 친밀하지 않은 사람은 없을 것이다.

나는 보고, 춤추고, 웃고, 노래하는 것으로 — 만족한다.

끌어안고 사랑해주는 잠-벗이 나의 곁에서 밤새 잠을 자고, 동틀 녘에 은밀한 발걸음으로 떠나며,

하얀 수건이 수북이 쌓인 바구니들을 나에게 남겨놓아 온 집 안을 풍성하게 부풀려 놓았다고,

나의 용인과 자각을 뒤로 미루고 눈앞의 현실에 비명

부터 지를까?

그러면 그 벗들이 뒤돌아 물끄러미 응시하다가 길을 내려와서,

당장 계산할까, 나에게 푼돈이라도 내보일까?

정확히 하나의 값이자 정확히 둘의 값인데, 어느 것이 낫겠는가?

4

행락객들과 걸인들이 나를 에워싼다.

내가 만나는 사람들, 나의 어린 시절이 나에게 미친 영향 아니면 내가 사는 지역과 도시, 국가,

아주 최근의 데이트 상대들, 발견들, 발명들, 단체들, 신구 작가들,

나의 저녁 식사, 복장, 동료들, 용모, 찬사, 답사,

내가 사랑하는 어떤 남자나 여자의 진짜 무관심 아니면 상상의 무관심,

내 가족 중 누군가의 아니면 나 자신의 병, 악행 또는 돈의 손실이나 결핍, 우울증 혹은 환희,

숱한 전투, 골육상잔 전쟁의 공포, 미심쩍은 소식에 대한 열광, 발작 같은 사건들,

이런 것들이 낮밤으로 나에게 찾아왔다가 다시 나에게서 떠나가지만,

그것들이 바로 나 나 자신은 아니다.

그 끌고 당기는 것들과는 별개로 나는 존재한다.

즐겁게, 만족스럽게, 다정하게, 한가하게, 단일체로 서서,

내려다본다. 곧추서서, 아니면 감지하지 못할 어떤 받침대에 한쪽 팔을 구부정히 얹고서,

신기한 듯 갸우뚱한 머리로 다음에 일어날 일들을 주시한다.

그 놀이의 안과 밖을 모두 지켜보며 경탄해마지않는다.

돌아보면 보이는 나만의 나날들, 어학자들, 경쟁자들과 땀을 흘리며 안갯속을 헤맸던 시절,

나는 비웃지도 따지지도 않고, 지켜보며 기다릴 따름이다.

5

나는 나의 영혼 너를 믿는다. 다른 내가 스스로 낮추어 너를 대해서도 안 되고,

네가 낮추어 다른 나를 대해서도 안 된다.[1]

나랑 풀밭에서 빈들거리며, 너의 목구멍에서 파열음을 풀어내라.

낱말도 아니요, 내가 바라는 음이나 운도 아니요, 풍설이나 잔소리도 아니요, 하물며 최상의 무엇도 아닌,

그저 나의 마음에 흡족한 소리, 너의 목젖이 울리는 흥흥 소리면 충분하다.

문득 어느 아주 청명한 여름날 아침에 둘이 함께 누워 있었던 모습이 떠오른다.

네가 머리를 나의 궁둥이에 비스듬히 얹고 있다가 슬쩍 뒤집어서 내 몸을 마주하고는,

내 가슴-뼈 셔츠를 풀어 헤치고, 나의 벌거숭이 심장에 너의 혀를 쑥 들이밀며,

내뻗어서 나의 수염을 어루만지고, 또 뻗어서 나의 두 발을 꼭 붙들었지.

그때 대지의 온갖 다툼을 초월하는 평화와 지식이 순식간에 솟구쳐서 나의 몸에 두루 퍼졌기에,

지금 신의 손이 바로 내 손의 약속이라는 것을 알고,

1 "다른 내(나)"는 너(나의 영혼)에 비견되는 '나의 몸'을 말한다.

신의 영혼이 내 영혼의 형제라는 것을,

언제든 태어나는 남자들이 다 나의 형제들이요, 여자들이 다 나의 누이이자 연인들이라는 것을 알고,

또 창조의 내용골[2]이 바로 사랑이기에,

뻗쳐있든 늘어져 있든 들판에는 이파리들이,

이파리 밑의 작은 구멍들에는 다갈색의 개미들이 무수하고,

지그재그 모양의 울타리, 돌무더기, 양딱총나무, 금어초와 자리공에는 이끼 곰팡이가 무한하다는 것도 아는 것이다.

6

한 아이가 두 손 가득히 풀을 쥐고 나에게 가져와서 물었다, 풀이 뭐예요?

내가 그 아이에게 어찌 대답하랴? 아이와 똑같이 나도 그게 뭔지 잘 모른다.

2 "용골"은 배 바닥의 중앙을 버티는 길고 큰 목재를 말하며, "내용골"은 안쪽 용골 바로 위쪽으로, 이물에서 고물까지 용골을 따라 이어진 재목을 말한다. 용골과 함께, 내용골은 배의 내구력을 강화하여, 쉽사리 기울지 않게 하는 역할을 한다.

필시 내 기질의 깃발이리라, 희망찬 녹색 물질로 엮어 만든 깃발.

아니 어쩌면 주님의 손수건이리라
고의로 떨어뜨린 향긋한 선물 혹은 기념품,
모퉁이 어딘가에 주인의 이름이 찍혀있어서, 보면 누구나 금시에 알아보고, 누구 것이라고 말할 수 있는 손수건?

아니면 풀 자체가 한 아이이리라, 그 식물이 낳은 아기.

아니면 일정불변의 어떤 상형문자이리라
그래서 넓은 지대든 좁은 지대든 똑같이 싹을 틔우고,
백인들 사이에서도 흑인들 사이에서도 자라나,
캐나다 사람, 버지니아 사람, 국회의원, 수갑 찬 죄수,
그들과 내가 똑같이 서로 주고받는 문자를 뜻하리라.

또 이제 보니 꼭 무덤들의 곱디고운 장발 같다.

나는 돌돌 말린 풀, 너를 다정하게 대할 것이다
어쩌면 네가 젊은이들의 가슴에서 움터 나올지도 모르니,
혹시 내가 그들을 알았다면 그들을 사랑했을지도 모르니,
어쩌면 네가 노인들로부터, 아니면 그네 어머니들의 무

릎 사이에서 갓 받아낸 자손들로부터 생겨날지도 모르니,
그러니 이제 너는 그 어머니들의 무릎 사이다.

이 풀은 아주 거무스름한 것이 늙은 어머니들의 흰 머리칼에서 나온 모양이다.
늙은 남자들의 퇴색한 수염보다 거무스름하고,
연붉은 입천장 밑에서 나온 듯이 거무스름하니.

아 나는 결국 저토록 많이 발언하는 혀들을 감지하고,
그 말들이 입천장에서 괜히 나오는 게 아니라는 것도 감지한다.

나는 죽은 청춘남녀들에 대한 암시들,
또 늙은 남자들과 어머니들, 그들의 무릎 사이에서 갓 받아낸 자손들에 대한 암시들도 번역하고 싶다.

그 젊은이들과 늙은이들이 어찌 되었다고 생각하는가?
그 여인들과 자식들이 어찌 되었다고 생각하는가?

그들은 어딘가에서 잘 살고 있다.
아주 작은 싹이라고 할지라도 죽음은 정녕 없다는 증거다.

설령 있다고 해도 생을 촉진하지, 막판에 저지하려고 기다리는 것이 아니라,

생명이 나타나자마자 죽을 따름이다.

만물은 앞으로 또 바깥으로 나아갈 뿐, 맥없이 쓰러지지 않는다.

죽는다는 것은 우리의 추정과 달리, 한결 다행스러운 일이다.

7

태어난 것을 행운으로 생각해본 적이 있는가?

나는 곧장 그에게 혹은 그녀에게 죽는 것도 똑같이 다행스럽다고 전한다. 나는 그것을 잘 알고 있다.

나는 죽어가는 이와 태어나는 이, 갓 씻긴 아기와 함께 죽음을 경험한다. 나의 모자와 구두 사이에 끼어있지 않고,

여러 겹 물상들을 음미하다 보면, 똑같은 것은 없고 낱낱이 모두 아름답다.

대지도 아름답고 별들도 아름답고, 그들의 부속물들도 다 아름답다.

나는 대지도 아니고 대지의 부속물도 아니다.

나는 사람들의 벗이자 동료다. 나 자신과 마찬가지로 모두가 똑같이 불멸하고 불가해한 사람들

(그들은 어째서 불멸인지 모르지만, 나는 안다.)

모든 종이 종 자체와 자신을 위하듯, 나의 남자와 나의 여자도 나를 위해,

소년이었던 이들도 여자를 사랑하는 이들도 나를 위해,

자존심이 강해서 멸시당하면 너무 아파하는 사내도 나를 위해,

예쁜이와 노처녀도 나를 위해, 어머니들과 어머니들의 어머니들도 나를 위해,

미소 지어온 입술들도, 눈물을 흘려온 눈들도 나를 위해,

아이들과 아이들의 아버지들도 나를 위해 존재한다.

벗어라! 나에게 당신은 죄인도, 케케묵은 사람도 버림받은 사람도 아니다.

나의 눈에는 헐렁한 나사와 무명 사이로 긴지 아닌지 다 보인다.

집요하고 탐욕스럽고 정력적인 내가 에워싸고 있는 한, 절대로 뿌리치고 달아나지 못한다.

8

어린것이 요람에 잠들어 있다.

나는 엷은 천을 들어 올리고 한동안 바라보다가, 조용히 손을 휘저어 파리를 쫓아낸다.

소년과 붉은 얼굴의 소녀가 얼굴을 돌린 채 수풀 우거진 산을 오른다.

나는 꼭대기에서 그 둘을 뚫어지게 관찰한다.

자살한 사람이 침실의 피투성이 마루에 배를 깔고 엎디어 있다.

나는 피범벅 머리칼의 시체를 목도한다. 권총이 떨어져 있는 지점을 주목한다.

길거리의 한담, 마차 바퀴들, 질척질척한 부츠-창, 산책하는 사람들의 대화,

육중한 승합마차, 엄지를 추켜세우며 타겠느냐고 묻는 마부, 화강암 노면에 절거덕절거덕 말편자 소리,

눈-썰매들, 짤랑거리는 소리, 아우성치는 장난질, 눈싸움,

인기인들을 맞이하는 환호, 분기한 민중의 격노,

펄럭이는 들것 덮개, 그 들것에 실려 병원으로 이송되

는 어느 병자,

적들의 교전, 느닷없는 저주, 주먹다짐과 쓰러지는 소리,

흥분한 군중들, 성장을 내보이며 잽싸게 길을 트고 군중 한가운데로 나아가는 경찰관,

숱하게 많은 메아리를 받아치는 무감각한 돌들,

너무 많이 먹거나 거의 굶주린 이들이 일사병에 걸리거나 발작 나 쓰러져서 신음하는 소리들,

갑작스러운 진통에 다급히 집으로 가서 아이를 낳는 여인들의 절규,

살다가 묻힌 언어가 이 세상을 끊임없이 뒤흔드는 소리, 격식에 억눌려서 숨죽인 울부짖음들,

범인들의 체포, 온갖 모욕, 불륜 기도, 수용, 내민 입술로 거절,

그런 것들, 또는 그런 것들의 흔적이나 반향을 생각하며 — 나는 왔다가 나는 떠난다.

9

시골 헛간의 커다란 문들이 채비를 갖추고 열려 있다.

수확기의 마른 풀이 느릿느릿 끌리는 마차에 한가득 실린다.

맑은 햇살이 회갈색과 녹색의 뒤엉긴 풀 위에서 장난친다.

한 아름씩 차곡차곡 쌓여 축 늘어진 건초더미가 생겨난다.

나도 거기에 있다. 나도 돕는다. 나는 건초 위에 누워서 왔다.

한 다리를 다른 다리에 비스듬히 올린 채, 폭신폭신 흔들거리는 건초를 체감하다가,

가로장에서 펄쩍 뛰어내려 토끼풀과 큰조아재비를 움켜잡고,

머리를 굴려 공중제비를 하다가 머리칼이 온통 지푸라기로 뒤엉키고 만다.

10

야생과 산속 깊은 곳에서 홀로 나는 사냥한다.

나 자신의 명랑함과 기쁨에 새삼 놀라며 돌아다니다가,

늦은 오후에 밤을 보낼 안전한 장소를 골라,

모닥불을 지펴서 갓 죽은 사냥감을 구워 먹고,

모아놓은 나뭇잎 위에서 깊은 잠에 빠진다, 나의 개와

총을 곁에 두고서.

양키 쾌속 범선이 세대박이 돛을 달고서 섬광과 조각 구름을 가르며 지나간다.

나는 눈을 육지에 고정한 채, 뱃머리에 기대어 수그리거나 갑판에서 기쁘게 소리친다.

배꾼들과 조개잡이들이 일찌감치 일어나 나에게 들렀다.

나는 바지 끝을 장화 속에 구겨 넣고 따라가서 즐거운 한때를 보냈다.

당신도 그날 우리와 함께 둘러앉아 조개 잡탕을 먹었더라면 좋았을 것을.

나는 먼 서부, 야외에서 올린 덫 사냥꾼의 결혼식을 보았다. 신부는 붉은 소녀였다.

그녀의 아버지와 그의 친구들이 다리를 꼬고 모여앉아 말없이 담배를 피우고 있었다. 다들 발에 모카신을 신고, 큼지막하니 두꺼운 담요가 그네 어깨에 늘어져 있었다.

강둑 위에서 덫 사냥꾼이 어슬렁거렸다. 그는 거의 가죽옷 차림이었는데, 목을 포근히 감싼 무성한 수염에 곱슬머리의 그 사내가 신부의 손을 꼭 잡고 있었다.

신부는 긴 속눈썹에, 머리에 아무것도 쓰지 않은 터라,

거칠고 곧은 머리 타래가 그녀의 육감적인 팔다리를 타고 흘러내려 발까지 닿을 지경이었다.

도주한 노예가 내 집까지 왔다가 집 밖에서 멈추었다.

나는 그의 움직임에 장작더미 잔가지들이 우두둑하는 소리를 들었다.

부엌문을 반쯤 열고 문틈으로 기운 없고 나약한 그를 보고는,

통나무에 앉아있던 그에게 다가가서 그를 집 안으로 들이고 안심시킨 다음에,

땀으로 범벅된 몸과 상처 난 발을 씻게끔 물을 가져다가 한 통 그득 채워주었다.

그러고는 나의 방과 통하는 방 하나를 그에게 내주고 좀 거칠긴 해도 깨끗한 옷도 건네주었다.

놀라서 어리둥절하던 그의 두 눈과 어색한 몸짓이 아직도 생생하게 기억난다.

그의 목과 발목의 벗겨진 상처들에 고약을 붙여준 것도 기억난다.

그는 나랑 일주일을 머물며 몸을 회복하고 다시 북쪽으로 갔다.

나는 그를 바로 내 곁에 앉히고 함께 식사하였다. 나의 화승총은 구석에 기대어있었다.

11

스물여덟 청년들이 바닷가에서 목욕한다.

스물여덟 청년들이 하나같이 아주 정겹다.

스물여덟 해를 여인으로 살아온 삶은 내내 너무 외로웠다.

그녀는 불룩 솟은 강둑 옆에 예쁜 집을 가지고 있다.

그녀가 아름답고 화려한 옷을 차려입고 창문 블라인드 뒤에 숨어 있다.

그 청년들 중에서 누가 가장 그녀의 마음에 들까?

아 그녀에게는 그중 가장 수수한 사내가 참 곱다.

숙녀여, 어디로 가려고 그러는가? 당신을 보아하니,

마음은 벌써 저기 저 물속에서 첨벙거리는데, 당신의 방 안에 꼼짝 말고 있구려.

춤추며 깔깔거리며 해변 따라 다가온 스물아홉 번째 목욕을 나온 이,

나머지 청년들은 그녀를 보지 못했지만, 그녀는 그들을 보았고 그들을 사랑했다.

청년들의 수염이 물에 젖어 반짝거렸다. 물이 그들의 긴 머리카락을 타고 흘러내렸다.

작은 냇물들이 그들의 온몸을 타고 흘러 지나갔다.

보이지 않는 한 손길도 그들의 몸을 타고 지나갔다.

그 손이 바들거리며 내려갔다, 그들의 관자놀이를 타고 늑골을 타고서.

청년들이 물을 등지고 둥둥 떠간다. 그들의 하얀 배들이 해를 향해 불룩 솟는다. 누가 그들의 몸에 꼭 들러붙어 따라오는지, 그들은 묻지 않는다.

누가 목걸이에 둥근 머리띠를 하고서 훅훅 숨을 몰아쉬다가 물에 잠기는지, 그들은 모른다.

그들이 누구를 물보라로 흠뻑 적시는지, 그들은 생각하지 않는다.

12

푸주한 아들이 도축-옷을 벗고, 시장 매점에서 칼을 간다.

나는 빈둥거리며 그의 재담과 그의 토끼 춤과 막춤을

즐긴다.

땟자국에 털북숭이 가슴의 대장장이들이 모루를 둘러싼다.

저마다 큰 망치를 쥐고, 다들 밖에 나와 있다. 노의 열기도 참 대단하다.

숯 재-뿌려진 노의 입구에서 나는 그들의 움직임을 지켜본다.

낭창낭창하게 휘어지는 그들의 허리들이 육중한 팔들을 가지고 논다.

어깨 위로 망치를 들어 빙 돌려친다. 어깨 위로 아주 천천히 들어 올렸다가, 어깨 위에서 아주 확실하게,

서두르지 않고, 저마다 자기 자리에서 내리친다.

13

흑인이 네 필 말들의 고삐를 단단히 움켜쥔다. 묶인 사슬에 얹힌 마부석이 나지막이 흔들거린다.

돌-마당처럼 길고 나직한 바닥의 짐마차를 모는 흑인, 큰 키에 착실한 그가 가로대에 한 다리를 딛고 균형을 잡고 선다.

남빛 셔츠가 그의 두툼한 목덜미와 가슴을 훤히 드러내고 허리띠 위로 헐겁게 느즈러진다.

눈빛이 고요하면서도 당당한, 그가 머리를 쳐들어 이마에 얹힌 중절모를 벗어젖힌다.

햇살이 그의 곱슬곱슬한 머리칼과 콧수염을 엄습한다, 검은 살갗의 반들반들 더할 나위 없는 팔다리를 습격한다.

나는 그 아름다운 거인을 바라보다가 사랑에 빠지고 만다. 나는 거기서 그치지 않고,

말들과 마차 일체와도 연애한다.

내 안에서 생명의 애무자가, 앞으로 훽 돌고 뒤로도 훽 돌며, 자극하는 곳이면 어디서나,

외진 틈새들과 휘어져서 숨겨진 하부까지, 한 사람도 한 사물도 놓치지 않고,

모두 나의 몸에 빨아들여 이 노래에 담는다.

멍에와 사슬을 덜걱거리거나 나뭇잎 우거진 그늘에서 멈춰서는 황소들, 너희의 눈으로 표현하는 것이 뭘까?

나에게는 그동안 내가 살면서 읽어온 모든 인쇄물보다도 많아 보인다.

나의 원거리 종일 산책길에, 나의 발소리가 암수 원앙을 겁주어,

두 마리가 동시에 날아올라, 천천히 맴을 돈다.

나는 저 날개들의 목적을 믿고,

내 안에서 노니는 빨강, 노랑, 하양을 인지하고,

녹색과 보라색 술이 달린 볏의 의도를 두루 생각한다.

그렇기에 암거북이 달리 대단한 무엇이 아니라고 해서 절대로 하찮게 여기지 않는다.

숲속의 어치도 음계를 공부한 적 없지만, 떨리는 소리로 나에게는 꽤 훌륭하게 지저귀며,

암갈색 암말의 표정은 바보스러운 나의 모습을 부끄럽게 한다.

14

야생 수컷 기러기가 무리를 이끌고 서늘한 밤을 헤쳐나가며,

끼루룩끼루룩! 말하는 소리가 마치 초대장처럼 나에게 내리 와 닿는다.

당돌한 자는 무의미한 소리로 여기겠지만, 나는 유심히

귀를 기울여,

그 소리의 목적을 알아내고 겨울 하늘이 임박한 그곳에 다시 올려놓는다.

날카로운 발굽의 북부 큰사슴, 집 문턱 위의 고양이, 박새, 프레리도그,

꿀꿀거리는 암퇘지의 젖꼭지를 잡아당기는 한배 새끼들,

암컷 칠면조의 한배 새끼들과 반쯤 날개를 펼친 어미 칠면조,

나는 이들과 내 안에서 똑같이 오래된 법칙을 발견한다.

대지에 닿는 내 발의 압박에 수백의 애정들이 샘솟아,

나는 최선을 다해 이야기해보려 하지만, 그 모두가 그런 나를 비웃는다.

나는 야외에서 강하게 사는 것을 애호한다.

가축에 에워싸여 살거나 바다 혹은 숲을 맛보는 사람들,

배의 건조자들과 운항자들, 도끼와 메를 휘두르는 사람들, 말을 모는 사람들,

그들과 함께 매주 또 매주 먹고 자고 그랬으면 좋겠다.

아주 평범하고, 시시하고, 가깝고, 쉬운 사람이 바로 나다.

나의 운들을 시험해 보고, 보답을 얻으려고 애쓰는 나,

최초로 나를 받아줄 누군가에게 나를 맡기려고 스스로 꾸밀 뿐,

부디 내려와서 나의 좋은 뜻에 동조해 달라며 하늘에 빌지 않고,

그 뜻을 자유롭게 끊임없이 흩뿌리는 나.

15

더없이 맑은 콘트랄토 가수가 위층의 오르간 석에서 노래한다.

목수가 널을 다듬는다. 그의 막대패 날이 사납게 치솟는 혀짤배기소리를 낸다.

결혼하고 결혼하지 못한 자식들이 마차를 타고 집으로 돌아와서 추수감사절 만찬을 먹는다.

키잡이가 중심 조타-핀을 부여잡고, 강력한 팔뚝으로 배를 한쪽으로 기울인다.

동료가 포경선에서 버티고 서 있다. 금시에 창과 작살을 날릴 태세다.

오리-사냥꾼이 조용히 조심조심 길게 뻗은 황야를 지나간다.

부제들이 제단에서 양손 십자가를 그리며 서품을 받는다.

물레질하는 소녀가 커다란 물레바퀴 소리에 맞추어 허리를 폈다 숙였다 한다.

농부가 주일날 축사 휴식처를 거닐다가 방책 옆에 멈추어 귀리밭과 호밀밭을 살핀다.

미치광이가 만성 환자로 드러나서 결국 정신병원으로 이송된다.

(그는 더 이상 예전처럼 어머니 침실의 간이침대에서 잠들지 못할 것이다.)

잿빛 머리칼에 몹시 여윈 턱의 날품팔이 인쇄공이 활자 케이스에 몰두해 있다.

그가 입담배를 질겅질겅 씹는 사이에 두 눈은 원고에 팔려 흐릿하다.

볼꼴 사나운 팔다리가 외과 의사의 수술대에 묶인다.

절단된 부위들이 통통 끔찍하게 들통으로 떨어진다.

콰드룬[3] 소녀가 경매대에서 팔리고, 주정뱅이가 술집 난롯가에서 꾸벅꾸벅 존다.

기계공이 소매를 둘둘 말아 걷어붙이고, 경찰관이 자신의 순찰 구역을 돌고, 정문 수위가 통행인을 주시한다.

젊은이가 급행 마차를 몰고(나는 그를 모르지만 그를 사랑한다),

3 "콰드룬"은 백인과 반-백인의 혼혈아, 1/4 흑인이라는 뜻이다.

잡종견이 헐거운 부츠를 신고 가죽끈에 매인 채 경주 태세에 들어간다.

서부의 칠면조 사냥터가 노인과 젊은이들을 끌어들여, 일부는 장총에 기대고, 일부는 통나무에 앉는다.

무리 사이에서 명사수가 걸어 나와, 자세를 잡고, 총을 겨눈다.

새로 온 이민자들이 무리를 지어 부두 또는 제방을 가득 메운다.

양털-머리들이 사탕수수밭에서 괭이질하고, 농장 감독이 말안장에 앉아 그들을 감시한다.

댄스홀에서 나팔이 울리자, 신사들이 상대를 찾아 달려가고, 춤꾼들이 서로서로 절을 한다.

삼목-지붕 다락방에서 청년이 눈을 뜬 채 누워서 음악 같은 빗소리를 듣는다.

미시간 주민이 휴런호의 지류 샛강에 통발을 놓는다.

인디언 여인이 노란 옷단의 천으로 몸을 감싼 채 모카신과 방울 가방을 팔고 있다.

감식가가 반쯤 감은 눈으로 곁눈질하며 전람회장을 유심히 둘러본다.

갑판원들이 기선을 단단히 붙들어 매자 뭍으로 가는 승객들이 딛고 내릴 널빤지가 가로놓인다.

어린 여동생은 실타래를 양팔에 걸쳐 붙들고 있고 언니

는 실을 말아 공을 만들며, 이따금 멈추어 매듭을 짓는다.

1년 된 아내가 일주일 전에 첫 아이를 낳고 행복한 모습으로 회복하고 있다.

깔끔한 머리칼의 양키 소녀가 재봉틀에 앉아서, 혹은 공장에서 아니면 제재소에서 일하고 있다.

도로포장 인부는 그의 양손-다짐기에 몸을 기대고, 기자의 톱기사가 수첩에 순식간에 기록되고, 간판장이는 청색 금색으로 글자를 넣는다.

수로-소년이 배 끄는 길에서 종종걸음치고, 부기 계원이 자기 자리에서 계산하고, 제화쟁이가 실에 밀을 입힌다.

지휘자가 박자에 맞춰 악단을 지휘하고 모든 연주자들이 그를 따라간다.

아이가 세례를 받고, 개심자가 첫 고백을 하고 있다.

요트가 만에 포진하고, 경주가 시작된다(하얀 돛들이 눈부시게 반짝거린다!).

가축 상인이 가축들을 지켜보다가 옆길로 새려는 놈들을 소리쳐 부른다.

행상인이 등에 짐을 진 채 땀을 흘린다. (몇 푼 깎아달라고 흥정하는 구매자.)

신부가 하얀 드레스의 주름을 편다. 시계의 분침이 느리게 움직인다.

아편쟁이가 멍한 머리 맥없이 벌어진 입술로 몸을 기

댄다.

창녀가 숄을 질질 끈다. 그녀의 보닛이 까딱거리며 술기 오른 뾰루지투성이의 목덜미를 건든다.

구경꾼들이 그녀의 천박한 욕지거리를 비웃고, 사내들이 야유하고는 서로서로 못 본 체한다.

(가엾어라! 나는 당신의 욕지거리를 비웃지 않고 당신을 조롱하지도 않는다.)

국무회의를 주관하는 대통령이 대단한 장관들에 둘러싸인다.

광장에서 세 명의 부인이 팔짱을 끼고 당당히 다정하게 걸어간다.

생선 비린내 나는 선원들이 선창에 넙치를 차곡차곡 쌓는다.

미주리 사람이 평원을 가로질러 상품과 가축을 운반해 간다.

기차를 통과시키는 요금징수원이 빛바랜 잔돈을 딸랑거리며 통지한다.

마루 까는 인부들은 마루를 깔고, 함석장이는 지붕에 함석을 입히고, 석수들이 회반죽을 재촉하고 있다.

인부들이 저마다 자재 운반 통을 어깨에 들쳐 메고 줄줄이 나아간다.

쫓고 쫓기는 계절 따라 말로 다 할 수 없는 사람들이

모이는데, 오늘은 일곱 번째 달의 네 번째 날(대포와 소형 무기들의 엄청난 예포 소리!).

쫓고 쫓기는 계절 따라 쟁기질하는 사람은 밭을 갈고, 풀 베는 사람은 풀을 베고, 겨울-곡식 낟알은 떨어져서 땅에 묻힌다.

저쪽 호수 곳곳에서 창꼬치잡이들이 꽁꽁 언 수면에 파놓은 구멍 옆에서 주시하며 기다린다.

나무밑동 줄기들이 숲속 빈터 곳곳에 수북이 쌓이고, 미개지의 무단거주자가 도끼로 깊숙이 내리친다.

너벅선 선원들이 어스름한 저녁 무렵에 미루나무나 호두나무 근처에 배를 단단히 붙들어 맨다.

너구리 사냥꾼들이 레드강 유역이나 테네시강 기슭의 말라붙은 지역, 아니면 아칸소강 유역을 뒤지고 다닌다.

횃불들이 채터후치강이나 알타마하강을 휘덮은 어둠 속에서 빛난다.

가장들이 아들 손자 증손자들과 둘러앉아 저녁을 먹는다.

아도비 점토 벽돌 담 안에서, 천막 텐트 안에서, 사냥꾼들과 덫 사냥꾼들이 하루의 사냥을 끝내고 쉬고 있다.

도시가 잠들고 시골도 잠든다.

살아있는 이들이 잠들어 쉬고, 죽은 이들도 잠들어 쉰다.

늙은 남편이 아내 곁에 잠들고 젊은 남편이 아내 곁에 잠든다.

그렇게 이들이 내 안으로 들어오고, 나는 그들에게 다가간다.

아쉬운 대로 이들과 거의 다름없는 이가 나이기에,

이들 모두의 이야기를 엮어서 나의 노래에 담는다.

16

나는 늙은이이자 젊은이, 현자이자 또한 바보다.

타인들한테 무관심하면서도, 타인들에게 늘 관심을 보이고,

부성적이자 모성적이고, 어른이자 아이다.

상스러운 것들로 꽉 들어차 있고 고상한 것들로도 꽉 차 있다.

똑같이 가장 작고 똑같이 가장 큰, 많은 나라 중 한 나라의 한 사람,

북부 사람이자 또한 남부 사람, 냉정하면서도 다감한 대농장주로서 오코니강 하구가 나의 삶터다.

나만의 길로 언제든 장사를 떠나는 양키, 나의 관절은 지상에서 가장 유연한 관절이자 지상에서 가장 괴로운 관절,

사슴 가죽 각반을 차고 엘크혼 계곡을 걸어가는 켄터키 주민, 루이지애나 사람이자 조지아 사람,

호수나 만을 건너거나 해안 따라 배를 모는 사공, 인디애나 주민, 위스콘신 주민, 오하이오 주민.

캐나다 설피를 신어도, 수풀에서 일어나도, 뉴펀들랜드에서 한참 멀리 벗어난 어부들과 함께 있어도 편안하고,

빙상 요트 선대에 끼어, 다른 배들과 돛을 조정해가며 갈지자형으로 나아가도 편안하고,

버몬트의 언덕 위나 메인 숲속에서도, 텍사스의 목장에서도 편안한,

캘리포니아 주민들의 동료, 자유로운 북서부 사람들의 동료, (그들의 큰 아량을 사랑하는)

뗏목 사공들과 석탄 운반인들의 동료, 악수로 맞이하여 술과 고기를 베푸는 모든 사람들의 동료,

아주 순박한 사람들에게 배우는 사람, 아주 생각 깊은 사람들의 스승,

이제 시작하는 신출내기이지만 무수한 계절,
모든 색깔과 카스트, 모든 계급과 종교를 경험한 나는
농부, 기계공, 예술가, 신사, 선원, 퀘이커교도요,
죄수, 정부情夫, 싸움꾼, 법률가, 의사이자, 성직자.

나는 바로 나의 다양성보다 나은 그 무엇도 거부한다.
공기를 들이마시되 내 뒤에 충분히 남겨놓으며,
자만하지 않고, 내 자리에 있을 뿐이다.

(나방도 물고기의 알들도 각자의 자리에 있고,

내가 보는 밝은 태양들과 내가 볼 수 없는 어두운 태양들도 각자의 자리에 있고,

감지할 수 있는 것도 자기 자리에 있고 감지할 수 없는 것도 자기 자리에 있다.)

17

이런 생각들은 사실 모든 시대 모든 땅에 사는 모든 사람의 생각들이요, 그 생각들이 나에게서 유래한 것은 아니다.

그 생각들이 당신의 생각들이 아니라 나의 생각들일 뿐이라면 그 생각들은 아무것도 아니거나, 무와 다름없다.

그 생각들이 수수께끼이자 수수께끼의 풀이가 아니라면 그 생각들은 아무것도 아니다.

그 생각들이 멀리 있을 뿐 아니라 가까이에도 있지 않다면 그 생각들은 아무것도 아니다.

이것은 땅이 있고 물이 있는 곳이면 어디에서나 자라는 풀이다.

이것은 지구를 두루 감싸는 흔하디흔한 공기다.

18

강력한 음악과 함께 나는 왔다. 나의 코넷과 나의 북들로,

나는 초대받은 승리자들을 위한 행진곡만 연주하는 것이 아니라, 나는 정복당해 살해당한 사람들을 위한 행진곡도 연주한다.

당신은 승전이 좋다고 들었는가?

나는 패전도 좋다고 말한다, 전투에서 패한 만큼 정신적으로 승리하는 것이기에.

나는 죽은 이들을 위해 북을 치고 두드린다.

나는 그들을 위해 나의 코넷 주둥이를 힘껏 크게 즐겁게 불어 울린다.

패배한 이들에게 만세!

전함들이 바다에 침몰해버린 이들에게도 만세!

바닷속에 가라앉은 그들에게도 만세!

교전에서 패한 모든 장군에게도, 패배한 모든 영웅에게도,

이름이 알려진 아주 위대한 영웅들뿐 아니라 무수한 무명용사들에게도 만세!

19

이것은 똑같이 차린 식사, 이것은 자연스러운 배고픔에 어울리는 고기,

바른 사람들과 똑같이 악한 사람들을 위해 차린 음식으로, 나는 모두와 약속을 잡는다.

나는 단 한 사람도 등한히 하거나 빠뜨리지 않을 것이다.

이에 따라 첩, 식객, 도둑도 초대된다.

도톰한 입술의 노예도 초대되고, 성병 환자도 초대된다.

그들과 나머지 사람들 간에 아무런 차별도 두지 않을 것이다.

이것은 수줍은 손의 압박, 이것은 머리칼의 부유이자 향기,

이것은 당신의 입술에 닿는 내 입술의 감촉, 이것은 갈망의 속삭임,

이것은 바로 내 얼굴을 비치는 까마득한 깊이와 높이,

이것은 나 자신의 사려 깊은 몰입이자, 또한 유출이다.

당신은 나에게 어떤 복잡한 목적이 있다고 추측하는가?

글쎄 그럴지도 모른다. 나는 네 번째 달의 소나기를 품고 있고, 어느 바위 귀퉁이의 운모도 품고 있으니.

내가 당신을 깜짝 놀라게 하리라고 생각하는가?

햇살도 놀라게 하지 않는가? 일찍 일어난 딱새도 지저귀며 숲을 헤집고 다니지 않는가?

그것들보다 내가 더 놀라게 하는가?

지금 나는 비밀들을 털어놓는다.

모두에게 말하지는 못해도, 당신한테는 말해주겠다.

20

거기 가는 이는 누군가? 동경하고, 별나고, 신비롭고, 발가벗은 이는.

내가 먹는 쇠고기에서 나는 어떻게 힘을 얻는가?

어쨌거나 인간은 무엇인가? 나는 무엇인가? 당신은 무

엇인가?

내가 나의 것으로 명시하는 모두를 당신은 당신의 것으로 상쇄시킬 것이다.

그러지 않는다면 쓸데없이 내 말을 경청한 꼴이리라.

나는 울먹이지 않는다, 세상이 애처롭게 울먹인다고,

이 달도 저 달도 공허할 따름이고 땅도 그저 수렁이요 오물일 뿐이라고.

환자가 먹는 가루약을 쥐고 훌쩍이며 굽실거리는 습성, 복종은 먼 사촌에게나 줘버리고,

나는 집 안에서도 바깥에서도 나의 마음에 드는 나의 모자를 쓴다.

왜 내가 빌어야 하나? 왜 내가 받들어 모시고 격식을 차려야 하나?

조직층을 파고 들어가서, 머리카락 한 올까지 분석하고, 박사들과 상의해서 정밀하게 계산한 바로는,

나의 뼈들에 착 들러붙은 지방보다 향긋한 것은 찾지 못했다.

모든 사람들 속에서 나는 나 자신을 본다, 보리알만큼도 크지도 작지도 않은 나 자신을.

내가 나 자신에 대해 좋게도 나쁘게도 말하듯 나는 그들에 대해서도 그런다.

나는 내가 건강하고 건전하다는 것을 알고 있다.

무리 지어 우주를 이루는 물체들이 영구히 나에게 흘러,

만물이 나의 몸에 적혀 있으니, 나로서는 그 글의 의미들을 익힐 수밖에 없다.

나는 내가 불멸의 존재임을 알고 있다.

나는 이 나의 궤도가 한낱 목수의 컴퍼스에 휩쓸려 사라질 수 없다는 것을 알고 있다.

나는 밤에 불붙은 막대기로 일으킨 아이의 연기 소용돌이처럼, 내가 사라지지 않으리라는 것을 알고 있다.

나는 내가 당당하다는 것을 알고 있다.

나는 나의 영혼을 괴롭히지 않는다, 자신을 옹호하거나 이해시키라고.

나는 기본 법칙들은 변명의 여지가 없음을 알고 있다.

(결국, 나는 내가 내 집을 짓는 수준 이상으로 오만하

게 처신하지 않는다고 자부한다.)

나는 있는 그대로의 나로 존재한다. 그것으로 만족한다,
세상 누구도 내가 만족스럽게 존재하고 있음을 몰라준다고 해도,
세상 모두가 하나같이 내가 만족스럽게 존재하고 있음을 알아준다고 해도.

한 세상은 알고 있다. 지금까지 나에게 가장 큰 세상, 그것은 바로 나 자신,
내가 오늘, 아니 일만 년 후에, 아니 천만년 후에 나 자신이 된다고 하여도,
나는 당장에 즐거이 받아들일 수 있다. 또 똑같이 즐겁게 나는 기다릴 수 있다.

나의 발판은 화강암에 구멍을 뚫어서 연결한 장부,
나는 소위 용해라는 말을 경멸한다.
게다가 나는 시간의 넓이도 알고 있다.

21

나는 육체의 시인이요 나는 영혼의 시인이다.

천국의 기쁨들이 나와 함께하고 지옥의 고통들도 나와 함께한다.

앞의 것들을 나는 나 자신에게 접목해서 번식시키고, 뒤의 것들을 나는 새로운 말로 번역한다.

나는 남자의 시인이요 똑같이 여자의 시인이다.

나는 남자인 것만큼 여자인 것도 위대하다고 말하고,

나는 남자들의 어머니만큼 위대한 것은 없다고 말한다.

나는 팽창의 노래, 긍지의 노래를 부른다.

우리는 그동안 충분히 꽥꽥대며 헐뜯어왔다.

나는 역량이란 발전뿐이라고 주장하는 바이다.

당신은 타인들보다 나았는가? 당신은 대통령인가?

그것은 하찮은 일이다. 다들 저마다 그 이상으로 성공해서, 앞으로 쭉쭉 나아갈 것이다.

나는 조용히 깊어가는 밤과 함께 걸어가는 사람,

나는 그 밤에 슬쩍 안긴 대지와 바다에 소리친다.

드러난 밤의 젖가슴을 꼭 껴안아라 — 매력적이고 자양분 넘치는 밤을 꼭 껴안아라!

남풍의 밤 — 커다란 몇몇 별들의 밤!

조용히 꾸벅거리는 밤 — 미쳐서 벌거벗은 여름밤을.

미소 지어라, 오 육감적인 시원한 숨결의 대지야!

물기를 머금고 꾸벅꾸벅 조는 나무들의 대지야!

떠나간 황혼의 대지야 — 머리에 안개를 이고 있는 산들의 대지야!

푸른 색조에 물들자마자 유리 같은 빛을 퍼붓는 보름달의 대지야!

강 물결을 얼룩덜룩 물들이는 빛과 어둠의 대지야!

나를 위해 한결 더 밝고 맑은, 물빛 회색 구름의 대지야!

멀리서 와락 덤벼들어 팔꿈치로 찌르는 대지야 — 향긋한 사과 꽃을 피운 대지야!

미소 지어라, 너의 연인이 왔다.

아낌없이, 너는 나에게 사랑을 베풀었다 — 그래서 나도 너에게 사랑을 선물한다!

오 이루 말할 수 없이 정열적인 사랑을.

22

너 바다야! 너에게도 나 자신을 맡기고—네가 뜻하는 바를 추측한다.

나는 해변에서 손가락을 구부려 초대하는 너를 바라본다.

나는 기어이 나를 느끼고 돌아가려는 너를 믿는다.

서로 승부 한판 겨뤄보자. 내가 옷을 벗을 테니, 어서 나를 땅에서 안 보이게 해보아라.

나를 부드럽게 받아들여, 파도로 나를 흔들어서 졸게 해보아라.

육감적인 물결로 나를 때려라, 나도 너에게 갚아줄 테니.

쭉 뻗어 크게 물결치는 바다야!

드넓게 격동하며 숨 쉬는 바다야!

생명의 소금물이자 패지만 않았을 뿐 언제나 준비된 무덤들의 바다야!

폭풍 곡꾼이자 무덤 파는 이, 변덕스럽고 까다로운 바다야!

나는 너와 완전한 한 몸이니, 나 또한 한 위상이자 모든 위상이다.[4]

---

4 "위상"은 주기 운동에서 한 주기 중의 어떤 위치를 표시하는 물리학의 용어로, 일반적으로 어떤 사물이 다른 사물과의 관계 속에서 가지는 위치나

나도 유입과 유출의 분담자, 증오와 화해의 찬탄자,
어린 연인들과 서로 품에 안겨 자는 이들의 찬미자.

나는 교감을 증명하는 자,
(설마 내가 집 안 물건들의 목록을 만들고 그 물건들을 지탱하는 집을 빠뜨리랴?)

나는 미덕의 시인일 뿐 아니라, 악덕의 시인이 되는 것도 마다하지 않는다.

이렇게 무심결에 내뱉는 미덕은 뭐고 또 악덕은 뭔가?
악이 나를 추진하고 악의 개선이 나를 추진한다. 나는 무심히 있을 뿐이다.
나의 걸음걸이는 잔소리꾼의 걸음걸이도 아니요, 거절자의 걸음걸이도 아니다.
나는 자라난 만물의 뿌리를 촉촉이 적신다.

당신은 일부 갑상선종이 두려워서 한없는 임신을 포기했는가?

상태를 말한다. 여기서는, 달의 위상, 달과 바다의 관계를 연상시키는 표현이다.

당신은 그 하늘의 법칙이 개정되어 다시 발효될 것이라고 추정했는가?

나는 한쪽에서도 균형을 찾고 반대쪽에서도 균형을 찾는다.

안이한 원칙도 안전한 원칙만큼이나 꾸준한 도우미요,

현재의 생각들과 행동들이 우리의 각성이자 조기 출발점이다.

1000의 11제곱 과거를 지나서 나에게 오는 지금 당장,

그것과 지금보다 나은 것은 없다.

과거에 바르게 행동했던 것도 오늘 바르게 행동하는 것도 그리 큰 불가사의는 아니다.

정말로 불가사의는 늘 언제나 어떻게 야비한 사람이나 무신론자가 있을 수 있느냐이다.

23

숱한 세월의 언어들이 끊임없이 펼쳐지지만!

나의 언어는 현대의 한 낱말, 모두-함께라는 단어다.

결코 멈춰 서지 않는 믿음의 말,

지금이나 앞으로도 나에게 그 말은 언제나 똑같다. 나는 시간을 절대적으로 받아들인다.

그것만이 무결점이요, 그것만이 만상을 마무르고 완성한다.

그 신비롭고 불가해한 경이만이 만사를 완결한다.

나는 현실을 받아들이고, 감히 그것을 문제시하지 않는다.

최초이자 최후로 물들이는 물질주의도 수용한다.

확신하는 과학이여 만세! 정확한 논증이여 장수하라!

꿩의비름을 뜯어다가 삼나무와 라일락 가지를 뒤섞으면,

이분은 사전편찬 학자, 이분은 화학자, 이분은 옛날 소용돌이 장식으로 한 문법을 만든 분,

이 선원들은 배를 띄워 위험천만한 미지의 바다를 개척한 사람들,

이분은 지질학자, 이분은 해부용 메스로 일하고, 이분은 수학자.

신사들이여, 당신들에게 언제나 첫 영예를 돌린다!

당신들의 사실들은 유용하지만, 그것들이 나의 거처는 아니다.

나는 그저 그것들을 입구 삼아 내 집의 한 영역으로 들어갈 뿐이다.

나의 말들은 속성들을 상기시키는 것들이라기보다는,

말로 다 할 수 없는 삶과, 자유와 해방을 떠올리게 하는 것들이다.

그래서 중성들과 환관들을 경시하지 않고, 완전하게 갖춰진 남자들과 여자들을 두둔하며,

반역의 징을 치고, 도망자들과 모의하고 공모하는 이들과 함께 머문다.

24

월트 휘트먼, 한 우주, 맨해튼의 아들,

난폭하고, 뚱뚱하고, 육감적이고, 먹고, 마시고 번식하되,

감상주의자는 아니요, 남자들과 여자들 위에 있거나 그들과 떨어져 있는 사람도 아니요,

겸손하지도 무례하지도 않은 사람.

문들의 자물쇠 나사를 풀어버려라!
문설주들에서 문을 아예 빼버려라!

누구든 다른 이를 격하시키면 나를 격하시키는 것이요,
무엇이든 행해지거나 발언 된 것은 결국 나에게로 돌아온다.

나를 통해 영감이 밀려들고 밀려들며, 나를 통해 시류와 지표도 흐른다.

나는 원시의 암호를 전한다. 나는 민주주의의 신호를 보낸다.
신께 맹세코! 모두가 상대를 대등하게 대하지 않는 것은 그 무엇도 나는 받아들이지 않을 것이다.

나를 통해 오랫동안 말 못 했던 숱한 목소리들이,
끝없는 세대를 이어온 죄수들과 노예들의 목소리들이,
병들어 절망하는 이들과 도둑들과 난쟁이들의 목소리들이,
주기적인 준비와 합체의 목소리들이,
그리고 별들을 연결하는 가닥들과 자궁들과 아버지-물질의 목소리들이,

그리고 천대받는 타자들의 권리들,

기형들, 천박한 이들, 무일푼들, 바보들, 멸시받는 이들,

대기에 낀 안개, 똥 덩이를 굴리는 투구벌레들의 목소리들이 흐른다.

나를 통해 금지된 목소리들이,

성교와 색욕의 목소리들, 베일에 싸인 소리들이 흐르고 나는 그 베일을 벗긴다.

음란한 목소리들이 나에 의해 맑아지고 미화된다.

나는 내 손가락들로 나의 입을 가로막지 않는다.

나는 머리와 가슴 부근뿐 아니라 창자 부근도 늘 곱게 관리한다.

죽음이 천하지 않듯 나에게는 성교 역시 그러하다.

나는 살과 성욕을 믿는다.

보는 것도, 듣는 것도, 느끼는 것도 기적이요, 내 몸의 각 부위와 딸린 부위도 모두 기적이다.

나는 속도 바깥도 신성해서, 무엇이든 내가 만지거나 나를 만지는 것을 신성하게 만든다.

이 두 겨드랑이의 냄새가 기도보다 한결 정제된 향기요,

이 머리가 교회, 성서나 온갖 교리들보다도 한층 드높다.

내가 무엇보다 숭배하는 한 가지가 있다면 그것은 바로 활짝 펼쳐진 나의 몸, 아니 몸의 모든 부위이리라.

반투명체 나의 몸 그것은 바로 당신 자신이리라!

갓 씌워진 돌출부와 나머지 부위 그것도 당신 자신이리라!

단단한 남성 보습 날 그것도 당신 자신이리라!

무엇이든 나의 몸 경작지에 속하는 것은 모두 당신 자신이리라!

나의 풍성한 피도 당신 자신! 당신의 젖 개울은 내 활력의 엷은 후착유![5]

다른 가슴들을 껴안는 가슴 그것도 당신 자신이리라!

나의 뇌 그것도 당신의 신비로운 뇌회[6]이리라!

씻은 창포 뿌리! 겁쟁이 연못-도요새! 조심스러운 쌍둥이 알의 둥지! 그것도 당신 자신이리라![7]

뒤엉켜 드잡이한 마초 같은 머리칼, 수염, 억센 근육,

---

5 "후착유"는 유방 내에 있는 우유를 완전히 배출시키기 위해 착유의 말미에 유두 컵을 당기면서 착유기를 45° 기울여서 잔유를 제거하는 방법을 말하는 축산용어로, 여기서는 여성의 '젖'에 대비되는 남성의 '정액'을 가리킨다.

6 "뇌회"는 대뇌의 표면에서 밭의 이랑이나 둑처럼 솟은 부분을 가리키는 의학용어.

7 '창포, 연못-도요새, 쌍둥이 알'은 모두 '남근과 고환'을 떠올리게 하는 심상들이다.

그것도 당신 자신이리라!

똑똑 듣는 단풍나무 수액, 사내다운 밀-수염뿌리, 그것도 당신 자신이리라!

아주 넉넉한 햇살 그것도 당신 자신이리라!

내 얼굴에 빛과 그늘을 주는 증기들도 당신 자신이리라!

너희 땀에 젖은 개울들과 땀방울들도 당신 자신이리라!

다정히 간질간질 나의 몸을 비벼대는 가스 생식기들도 당신 자신이리라!

넓은 근육 들판, 팔팔한 참나무 가지들, 나의 구불구불한 길들을 즐겨 찾는 게으름쟁이도 당신 자신이리라!

내가 잡은 손, 내가 입 맞춘 얼굴, 내가 지금껏 어루만진 사람도 당신 자신이리라!

나는 나 자신을 애지중지한다. 그것이 나의 운명 너무나도 달콤한 운명이다.

모든 순간과 일어나는 모든 일이 나를 기쁨으로 전율하게 한다.

나는 나의 발목들이 어째서 구부러지는지, 엷디엷은 나의 소원이 어디에서 유래하는지도 모른다.

내가 내뿜는 우정의 근원도, 내가 돌려받는 우정의 근원도 모른다.

그래서 현관 계단을 걸어 올라가다가, 멈추어 그런 것이 진짜 있을까 생각하는데,

나의 창가에 핀 나팔꽃 한 송이가 형이상학에 관한 책들보다도 나를 흡족하게 한다.

동트는 장면을 지켜보라!

어린 햇살이 광대하고 영묘한 그림자들을 사라지게 하고,

공기가 나의 입에 맛있게 와 닿는다.

움직이는 세계의 중심이 순진하게 장난치며 고요히 솟아올라, 새로이 빛을 유출하며,

비스듬히 곳곳으로 서둘러 나아간다.

내가 볼 수 없는 무언가가 애욕의 가지들을 솟구치게 하여,

바다처럼 밝은 활력이 하늘에 확 퍼진다.

대지는 하늘 곁에서 차분해지고, 둘의 접합은 나날이 가까워진다.

바로 그 순간에 동쪽에서 한숨 쉬듯 나를 덮친 힐난,

조롱하며 비아냥거리는 소리, 그래 네가 승리자가 될지 두고 보자!

25

내가 지금, 아니 언제라도 나에게서 일출을 내보내지 못한다면,

눈부시게 맹렬한 일출이 순식간에 나를 죽이고 말 것이다.

우리 역시 태양처럼 눈부시게 맹렬히 떠오른다.

우리는 동틀 녘의 고요와 서늘한 기운 속에 우리 자신, 아 나의 영혼을 세운다.

나의 목소리는 나의 두 눈이 닿을 수 없는 무언가를 쫓아간다.

나는 혀를 놀려서 모든 세상 무한한 세상을 에워싼다.

언어는 내 환상의 쌍둥이다. 그 언어 자체를 측정하는 것은 감당 불가의 일이다.

언어는 나를 영원히 자극하며, 비꼬듯이 말한다.

월트 자네 충분히 품었잖아, 이제 시원하게 털어놓아야지?

자자 나를 감질나게 애먹이지 마라. 너는 너무 많은 조

음을 품었나니.

오 언어야 네 밑에서 싹들이 어떻게 접혀있는지 모르느냐?

어둠 속에서 기다리며, 서리의 보호를 받다가

나의 예언적 절규에 흙이 떨어져 나가면

내가 밑에 있다가 마침내 그 싹들을 반듯하게 세우나니,

나의 지식이 바로 나의 충전부들이다. 그것은 언제나 만물의 의미, 행복과

일치하기에 (누가 나의 말을 듣든, 남자도 여자도 바로 오늘 그 행복을 찾아 나서게 한다.)

나의 궁극적인 가치 나는 너를 거부한다. 나는 나에게서 진짜 나를 마치 젖 떼듯 분리하는 것도 거부한다.

온갖 세상들을 아우르되, 절대 나를 감싸려 하지 않고,

나는 그저 너를 바라봄으로써 너의 아주 매끈하고 멋들어진 것들을 꽉꽉 채울 따름이다.

글쓰기와 이야기가 나를 입증하지는 않는다.

나는 충만한 증거와 그 밖의 모든 것을 나의 얼굴에 품고 다니며,

내 입술의 침묵으로 나는 회의론자를 완전히 어리둥절하게 만들어버린다.

26

이제 나는 그냥 듣기만 할 것이다.

내가 듣는 모든 소리를 이 노래에 축적해서, 소리들이 노래에 이바지하게 둘 것이다.

나는 새들의 화려한 연주, 커가는 밀이 부산떠는 소리, 불꽃들의 수다, 나의 식사를 요리하는 나뭇가지들이 타닥거리는 소리를 듣는다.

나는 내가 애호하는 소리, 사람의 목소리를 듣는다.

나는 서로 섞이고, 화합하고, 융합하거나 뒤따르는 온갖 소리를 듣는다.

도시의 소리들과 도시에서 나오는 소리들, 낮과 밤의 소리들,

자기를 좋아하는 사람에게 수다 떠는 젊은 목소리들, 식사하는 근로자들의 시끄러운 웃음소리,

어긋난 우정의 성난 저음, 병자의 가냘픈 음색,

양손으로 책상을 꽉 붙든 판사, 사형 선고를 내리는 그의 핏기 없는 입술,

부둣가 배에서 짐을 내리는 하역 인부들의 어영차 소리, 닻-올리는 선원들의 어기야디야,

비상벨이 울리는 소리, 불이야 외치는 소리, 윙 신속하

게 돌아가는 엔진소리와 딸랑딸랑 경종을 울리며 색채 조명을 켜고 질주하는 소방호스 운반차 소리,

기적소리, 다가오는 열차들이 연이어 굴러가는 소리,

둘씩 짝을 지어 행진하는 단체의 선두에서 연주되는 느릿한 행진곡,

(그들은 웬 시신을 호송해 간다. 깃봉들에 검은 옥양목이 드리워져 있다.)

나는 첼로 소리를 듣는다. (그 소리는 청년의 가슴이 한탄하는 소리다.)

나는 조율된 코넷 소리를 듣는다. 그 소리가 스르르 미끄러지듯 나의 두 귀를 파고들어,

가슴과 복부를 헤집으며 미칠 듯이 달콤한 고통으로 전율한다.

나는 합창을 듣는다. 그 소리는 한 편의 그랜드오페라,

아 이것이 진정 음악 — 나의 마음에 흡족한 소리.

한 테너가 천지창조처럼 웅장하고 신비롭게 나를 채운다.

고리처럼 오므린 그의 입이 기염을 토하여 나를 그득 채운다.

나는 숙련된 소프라노를 듣는다. (그녀의 목소리에 술렁이는 이 기분은 뭘까?)

오케스트라가 천왕성의 비행거리보다 드넓게 나를 소용돌이치게 한다.

그 소리가 나를 확 비틀어서 미처 간직한 줄도 몰랐던 엄청난 열의를 짜낸다.

그 소리가 나를 유영하게 한다. 내가 맨발로 가볍게 두드리자, 빈둥거리던 파도들이 두 발을 핥는다.

나는 쓰리고 모진 우박 소리에 상처를 입고, 숨이 차서,

꿀처럼 달콤한 모르핀에 젖어 들어, 숨통이 막혀서 거의 죽을 지경에,

마침내 다시 일어나 수수께끼 중의 수수께끼,

우리가 존재라고 부르는 것을 감지한다.

27

어떤 형상으로 존재한다는 것, 그것은 뭘까?

(돌고 돌아서 우리는, 우리 모두는 항상 그 질문으로 회귀한다.)

더 이상 진화할 것이 없다면 대합조개는 자신의 굳은 조가비에 싸여있는 것으로 족하리라.

나의 조가비는 굳은 조가비가 아니다.

내가 움직이든 멈추든 나에게는 순간 도체들이 온몸을 휘덮고 있다.

그 도체들이 모든 대상을 와락 붙들어 그 대상을 무탈하게 나의 몸속으로 이끈다.

나는 그저 나의 손가락들로 자극하고, 누르고, 만지며, 그러면 행복할 따름이다.

나의 몸을 다른 누군가의 몸에 닿게 하는 만큼 나는 바로 설 수 있다.

28

그렇다면 나를 부르르 떨게 해서 새로운 주체로 만드는 이것은 어떤 감촉인가?

쇄도해서 나의 혈관들을 이루는 불꽃들과 에테르,[8]

8 "에테르"는 본래 하늘에 충만한 정기 또는 영기를 가리키는 말로, 고대의 칼데아 점성가들(바빌로니아인들)에게서 유래하였다. 그들은 하늘(5개의 하늘) 중에서 최고로 높은 하늘, 최고 천(the empyrean)까지 가려면, 달 너머의 모든 우주 공간을 채우고 있는 원소이자, 별, 행성과 그런 것들의 층(영역)을 구성하는 물질로 간주된 에테르를 지나가야 한다고 믿었다.

그 혈관들을 촉진해서 내뻗치며 꽉 들어차는 내 몸의 위험천만한 끄트머리,

번개를 유발해서 나 자신과 거의 다름없는 몸을 때리는 나의 살과 피,

온 사방에서 나의 팔다리를 뻣뻣하게 만드는 음란한 자극물들,

내 가슴의 젖통을 꽉 죄어서 숨어 있던 젖 방울을 짜내고

나에게 방자하게 행동하며, 어떤 거부도 용납하지 않은 채,

마치 의도한 듯이 나에게서 나의 최상을 빼앗고,

내 옷의 단추를 끌러서, 나의 맨살 허리를 껴안은 채,

햇살과 초원-벌판의 고요로 나의 당혹감을 미혹하고,

염치없이 동류의 감각들까지 슬그머니 밀쳐내는 바람에

그 감각들마저 매수당해, 나의 체력고갈이나 분노에 대한 배려나, 고려 따위에

아랑곳없이, 나의 끄트머리들을 만지고 달려들어 뜯어먹고,

나머지 무리까지 데려와서 잠시나마 그 끄트머리들을 두루 즐기게 두었다가,

이내 모두가 연합해서 한 갑 위에 버티고 서서 나를 괴롭히나니.

보초들도 나의 다른 부위들을 하나둘 저버리고,
무력한 나를 붉은 약탈자에게 버려두고 떠났다가,
모두 그 갑으로 돌아와서 나에게 불리한 증언에 거들기까지 하니.

나는 배반자들한테서 버려진 몸,
나는 사납게 지껄인다. 나는 분별력을 잃어버린다. 다른 누가 아니라 바로 내가 대大 배반자다.
나 자신이 제일 먼저 그 갑으로 갔고, 나의 두 손이 나를 거기로 데려갔기에.

요 감촉 악한아! 뭘 하고 있느냐? 나의 숨이 목구멍에서 턱 막힌다.
너의 수문들을 열어라. 너는 나에게 너무 벅차다.

29

맹목적으로 사랑하고 씨름하는 감촉, 칼집에 싸여 두건에 덮여서 날카로운 이빨을 지닌 감촉!
그것이 당신을 그리 아프게 해서, 나를 떠났는가?

이별에 도착이 뒤따르고, 끊임없는 대부에 끊임없는 변제,
풍부하게 쏟아지는 비에, 뒤따르는 더욱 풍성한 보상.

새싹들이 움트고 자라나서, 갓돌 옆에 풍성하게 싱그럽게 서 있다.
완전히 자란 황금빛의, 남성이 투영된 풍경들.

30

온갖 진실들이 온갖 사물들 속에서 기다린다.
그 진실들은 서둘러 태어나려 하지 않고 탄생을 거부하지도 않는다.
그 진실들에는 외과 의사의 산과용 겸자가 필요 없다.
아무리 하찮은 것도 나에게는 그 어느 것만큼이나 크다.
(감촉이면 되었지, 작든 크든 무슨 상관이랴?)

논리와 설교는 결코 설득시키지 못한다.
밤의 습기가 더 깊숙이 나의 영혼을 파고든다.

(모든 남자와 여자에게 자신을 입증해 보이는 것만이

그런다.

아무도 부인하지 못하는 것만이 그런다.)

나의 한순간과 한 방울이 나의 뇌를 진정시킨다.

나는 믿는다, 젖은 흙덩이들이 연인들과 등불들이 될 것이며,

대요들 중의 대요는 남자의 살 혹은 여자의 살이요,

그들이 서로에게 갖는 느낌 속에 절정과 꽃이 숨어 있고,

그것들이 무한히 가지를 쳐서 그 교훈이 결국에는 무한한 창조력이 되며,

결국에는 모두가 하나같이 우리를 기쁘게 하고, 우리도 그것들을 기쁘게 할 것이라고.

31

나는 믿는다, 풀 한 잎이 별들의 여정에 못지않다고,

개미도 똑같이 완전하고, 모래 한 알과 굴뚝새의 알도 완전하며,

청개구리는 최고의 걸작이요,

기어오르는 검은 딸기나무가 천국의 응접실을 장식하고,

내 손에 쥔 아주 좁다란 돌쩌귀가 온갖 기계를 비웃고,

머리를 축 늘어뜨린 채 어적어적 여물을 먹는 암소가 어떤 조각상보다도 낫고,

생쥐 한 마리가 10의 21제곱에 달하는 불신자들을 화들짝 놀라게 하고도 남을 기적이라고.

나는 안다, 내가 편마암, 석탄, 긴-실처럼 자란 이끼, 과일들, 곡식들, 먹어도 되는 뿌리들과 한 몸이고,

네발짐승들과 새들이 온몸에 치장 벽토처럼 덮여 있으며,

그럼직한 이유들이 있어서 나의 뒤에 있는 것들과 떨어졌지만,

무엇이든 내가 원할 때 다시 부르면 된다는 것을.

다급히 나아가도 뒷걸음쳐도 소용없다.

화성암[9]들이 다가가는 나에게 오래된 열기를 쏘아도 소용없다.

마스토돈이 가루로 변해버린 자신의 뼈 밑으로 피해도 소용없다.

물체들이 수십 리 떨어져서 잡다한 형상들을 취해도 소용없다.

대양이 우묵한 계곡들 속에 자리를 잡고 거대한 괴물

9 화성암은 땅속에서 용해된 마그마가 지표나 지하에서 응고하여 이룬 암석의 총칭.

들이 나직이 누워있어도 소용없다.

말똥가리가 하늘에 둥지를 틀어도 소용없다.

뱀이 덩굴들과 통나무들 속으로 스르르 들어가도 소용없다.

엘크가 숲속의 은밀한 오솔길을 밟고 가도 소용없다.

큰부리바다오리가 머나먼 북쪽 래브라도로 날아가도 소용없다.

내가 잽싸게 쫓아가나니, 나는 낭떠러지 틈새의 둥지까지 기어오르나니.

32

나는 돌아가서 동물들과 함께 살 수 있을 것 같다. 그들은 아주 평온하고 자족적이다.

나는 서서 그들을 오래오래 바라다본다.

그들은 자신의 처지를 걱정하며 식은땀을 흘리거나 징징거리지 않는다.

그들은 자신의 죄 때문에 어둠 속에 누워 잠을 못 이룬 채 울지 않는다.

그들은 신에 대한 자신들의 의무를 논하며 나를 넌더

리 나게 하지 않는다.

만족하지 않는 동물이 없고, 자기 물건들을 소유하려는 욕심에 발광하는 동물도 없다.

다른 동물에게 무릎을 꿇는 동물도 없고, 수천 년 전에 살았던 조상 종족에게 무릎을 꿇는 동물도 없다.

온 대지에서 딱히 존경할 만한 동물도 없고 불행한 동물도 없다.

그렇게 동물들은 자신들의 관계들을 나에게 보여주고 나는 그 관계들을 받아들인다.

그들은 나에게 나 자신의 징표들을 가져와서, 자신들이 소유하고 있는 그 징표들을 꾸밈없이 보여준다.

나는 그들이 그 징표들을 어디에서 얻었는지 궁금하다.

내가 아주 오래전에 그 길을 지나가다가 부주의하게 그것들을 떨어뜨렸을까?

나 자신은 그때도 지금도 영원히 앞으로 나아가며,
늘 더욱 많이 빠른 속도로, 무한한 모든 종류의
그런 징표들을 그러모아 보여준 다음에, 그중에서
나를 추억할 거리를 찾는 동물들에게 너무 배타적이지 않게,

내가 아끼는 하나를 골라서 기꺼이 주고, 그때부터 그 동물과 형제지간처럼 지낸다.

나의 애무에 기운차게 감응하는 종마의 위풍당당한 아름다움,
두 귀 사이의 널찍한 이마에 우뚝 솟은 머리,
번들번들하고 나긋나긋한 사지, 땅을 쓸어 흩뿌리는 꼬리,
번득이는 심술로 가득한 두 눈, 정교하게 잘려 나와서 유연하게 움직이는 두 귀.

나의 발뒤꿈치가 그를 껴안으면 그의 콧구멍들이 벌룩거린다.
둘이서 함께 한 바퀴 빙 돌고 오면 그의 튼튼한 사지가 기쁨에 전율한다.

나는 그저 너를 잠시 쓰고, 다시 너를 놓아줄 뿐, 종마야,
왜 너의 속도가 나에게 필요하겠느냐, 나 자신이 더 빠르게 질주하는데?
서 있거나 앉아있거나 내가 너보다 빨리 움직이는데.

33

공간과 시간! 이제 나는 내가 추측했던 것이 사실임을 안다,

내가 풀밭에서 빈들거릴 때 추측했던 것이,

내가 나의 침대에 홀로 누워있을 동안에, 또 내가 아침의

엷어지는 별빛을 받으며 해변을 거닐었을 때 다시 추측했던 것이.

나의 침목들과 바닥짐들[10]이 나를 떠난다. 나의 양 팔꿈치가 바다-협곡에서 쉰다.

나는 뾰족한 산맥들을 둘러 간다. 나의 두 손바닥이 대륙들을 휘덮는다.

나는 나의 환상과 함께 발길을 내디딘다.

도시의 네모난 집들을 지나 — 통나무집들에 들러서, 벌목꾼들과 야영하고,

유료도로의 바퀴 자국들을 따라, 메마른 협곡과 개천

10 "침목들"은 기차의 선로 밑에 까는 목재나 콘크리트 토막을, "바닥짐들"은 배가 물에 잠기는 깊이와 평형을 유지하기 위해 배의 바닥에 싣는 모래, 자갈, 물 따위의 묵직한 짐을 말한다. 이 행의 "나"는 현실적으로 보면 위험천만한 선로를 내달리는 기차 혹은 아주 불안한 배지만, 상상 혹은 "환상"의 측면에서 보면 물, 땅, 허공에서 마음대로 돌아다니는 아주 자유로운 기차나 배로 변신한다.

바닥을 따라 나아가다가,

내 양파-밭의 잡초를 뽑거나 괭이질해서 당근밭과 방풍나물밭에 이랑을 내고, 대초원을 가로지르고, 숲속의 오솔길들을 느릿느릿 따라가며,

답사하고, 금을 캐고, 새로 구입한 목재들을 둘러 묶어

뜨거운 모래에 발목까지 파묻혀 벌겋게 그을린 채, 얕은 강물을 따라 나의 배를 끌고 내려간다.

검은 표범이 머리 위에서 아슬아슬하게 어슬렁거리는 곳, 수사슴이 몸을 홱 돌려서 사냥꾼을 사납게 쏘아보는 곳,

방울뱀이 바위 위에 맥없이 늘어져서 볕을 쬐는 곳, 수달이 물고기를 잡아먹고 있는 곳,

악어가 단단한 돌기 가죽옷을 입고 강어귀에 잠들어 있는 곳,

흑곰이 뿌리나 꿀을 찾아다니는 곳, 비버가 노-모양의 꼬리로 진흙을 탁탁 두드리는 곳을 지나,

커가는 사탕수수를 넘고, 노랗게 꽃핀 목화 나무를 넘고, 야트막하게 물을 댄 논의 벼도 넘고,

뾰족한 지붕의 농가, 그 집의 조개껍데기 쓰레기더미와 배수로의 가느다란 새싹들도 넘고,

서부의 감나무를 넘고, 기다란 이파리의 옥수수를 넘고, 여린 푸른-꽃 아마도 넘고,

회갈색의 메밀밭, 거기서 윙윙대고 붕붕거리는 생물과 다른 생물들도 넘고,

산들바람에 잔물결 치며 흐릿해지는 호밀의 거무스름한 녹음도 넘어서,

기운 없이 앙상하게 여윈 팔다리로 버티며, 나의 몸을 조심조심 위로 끌어, 산들을 기어오르고,

풀밭에 묻혀 닳고 닳은 오솔길의 덤불 이파리들을 헤치고 나아간다.

메추라기가 나무숲과 밀밭 사이에서 지저귀고 있는 곳,

박쥐가 일곱 번째 달의 저녁에 날아다니는 곳, 커다란 풍뎅이가 어둠 속으로 뚝 떨어지는 곳도,

냇물이 고목의 뿌리들에서 생겨나 초원으로 흘러가는 곳,

소들이 서서 신경질적으로 살가죽을 뒤흔들어 파리떼를 떨쳐내는 곳,

치즈-가림망이 부엌에 걸려 있는 곳, 장작 받침쇠가 난로-석판에 얹혀 있는 곳, 거미줄이 서까래에 걸려 꽃-줄처럼 늘어져 있는 곳도,

전동-해머들이 쿵쾅거리는 곳, 인쇄기가 실린더를 휙휙 돌리는 곳도,

사람의 심장이 갈비뼈의 압박에 몹시 고통스럽게 뛰는 곳이면 어디든,

배-모양의 풍선이 드높이 떠가는 곳, (그 안에서 나의

몸도 떠가며 평온하게 내려다보고,)

해난구조-컨테이너[11]가 밧줄 고리에 매달려 끌려오는 곳, 열기가 옴폭한 모래 속의 연초록 알들을 부화시키는 곳도,

암-고래가 새끼와 헤엄치며 잠시도 새끼를 저버리지 않는 곳,

기선이 기나긴 연기 깃발을 뒤로 질질 끌며 나아가는 곳,

상어의 지느러미가 거뭇한 지저깨비처럼 물을 가르며 나오는 곳,

절반 가까이 타버린 쌍돛대 범선이 미지의 물결을 타고 나아가는 곳,

조가비들이 그 배의 끈적거리는 갑판에 붙어서 커가는 곳, 죽은 사람들이 갑판 아래 선실에서 썩어가는 곳도,

밀집한 별-깃발[12]을 연대병력의 선봉에 세운 채,

길게 뻗은 섬[13]을 끼고 돌아 맨해튼으로 다가가는 곳,

나의 얼굴을 휘덮는 베일처럼 추락하는 폭포, 나이아가라 밑에서,

현관-계단 위에서, 단단한 나무 겉면의 승마-발판 위

---

11 "해난구조-컨테이너"는 거센 파도로 인하여 구명정을 이용할 수 없을 때 이용되는 수밀 컨테이너를 말한다. 배의 높은 곳에 설치된 밧줄 고리에 조난자를 실은 컨테이너를 걸고 굵은 밧줄을 끌어당기는 방식으로 난파선과 해안 사이를 왕복하며 구조한다.

12 "밀집한 별-깃발"은 '성조기'를 가리킨다.

13 "길게 뻗은 섬"은 미국 뉴욕주 동남부에 있는 섬 '롱아일랜드'를 가리킨다.

에서,

경주로에서, 아니면 소풍이나 지그 춤[14]이나 야구처럼 신나는 경기를 즐기면서,

망나니 같은 조롱, 비꼬는 음담, 남자-댄스파티, 음주, 웃음소리 난무하는 남자-축제들에서,

사과-압착기에 짓이겨진 과일 범벅의 단맛을 맛보고, 빨대로 즙을 빨아 먹으며,

눈에 보이는 족족 입을 맞추고 싶은 붉은 과일 사과의 껍질을 까는 곳에서,

집결소, 해변-파티, 친목계, 옥수수 껍질 벗기기 모임, 상량식에서도,

흉내지빠귀가 즐겁게 꿀꿀거리고, 딱딱거리고, 삑삑거리고, 찡찡거리는 곳,

건초더미가 헛간-앞마당에 쌓여 있는 곳, 마른-줄기들이 흩어져있는 곳, 씨받이-암소가 헛간에서 기다리는 곳,

황소가 수컷 구실을 하려고 나아가는 곳, 종마가 암말에게 다가가는 곳, 수탉이 암탉 위에 올라타고 있는 곳,

어린 암소들이 풀을 뜯는 곳, 거위들이 먹이를 홱홱 쪼아 먹는 곳,

일몰의 그림자들이 무한하고 쓸쓸한 초원 위로 길게 늘어지는 곳,

14 "지그 춤"은 보통 4분의 3박자의 빠르고 경쾌한 춤을 말한다.

들소 떼가 수 마일이나 드넓게 퍼져서 한도 끝도 없이 엉금엉금 나아가는 곳,

벌새가 아른아른 빛나는 곳, 장수하는 백조의 모가지가 구부러져서 감기는 곳,

웃는-갈매기가 해변에서 다급히 내달리는 곳, 그 새가 거의 사람 웃음을 웃는 곳도,

벌통들이 무성한 잡초에 반쯤 가려진 정원의 잿빛 벤치에 줄지어 놓여있는 곳,

목도리-뇌조들이 땅바닥에 둥그런 둥지를 틀고 모가지들을 쭉 빼고 있는 곳,

영구차들이 묘지의 아치문들로 들어가는 곳,

겨울 늑대들이 황량한 눈밭의 고드름 맺힌 나무숲에서 우짖는 곳,

노란-볏의 왜가리가 한밤에 늪 가로 다가가서 작은 게들을 잡아먹는 곳,

수영하고 다이빙하는 이들의 첨벙대는 소리가 무더운 한낮 더위를 식혀주는 곳,

여치가 우물을 휘덮은 호두나무에 앉아 반음계의 혀악기를 놀려대는 곳도 지나고,

유자밭과 은-철사 같은 이파리의 오이밭도 헤치고,

함염지[15]나 오렌지빛깔의 습지를 지나거나, 원뿔 모양

15 "함염지"는 동물이 소금기를 핥으려고 모여드는 지대, 혹은 가축에게 핥

의 전나무 숲 밑으로 나아가다가,

실내 체육관을 지나고, 커튼이 드리워진 응접실을 지나고, 사무실이나 공회당을 지나가다 보면,

원주민도 반갑고 외국인도 반갑고, 초면도 반갑고 구면도 반갑고,

멋진 여인뿐 아니라 소박한 여인도 반갑고,

보닛을 벗고 듣기 좋은 목소리로 이야기하는 퀘이커교 여신도도 반갑고,

하얗게 칠한 교회에서 들려오는 성가대의 노랫소리도 반갑고,

진땀 빼는 감리교 전도사의 진지한 말씀도 반갑고, 천막 전도 집회에서도 진심으로 감명받고,

오전 내내 브로드웨이의 상점-창문들을 들여다보며, 두꺼운 판유리에 내 코의 살을 납작 붙이고 있다가,

같은 날 오후에 나의 오른쪽 팔과 왼쪽 팔, 두 벗을 양 옆구리에 끼고, 나는 그 가운데 끼어서,

나의 얼굴을 들어 구름을 쳐다보거나, 골목길을 따라 내려가거나 해변을 따라 어슬렁거리다가,

거무스름한 뺨의 말 없는 수풀-소년과 함께 집으로 돌아왔다가, (하루의 커튼이 쳐질 무렵에 그는 나의 등에 업혀 온다)

게 하려고 목초지에 놓아두는 소금 덩어리를 말한다.

개척지에서 아득히 떨어진 오지에서 동물들의 발자국, 아니면 모카신 자국을 유심히 살펴보고,

병원의 간이침대 옆에서 어느 열병환자에게 레모네이드를 건네주고,

온 사방이 조용해지면 입관된 시신 근처에서 촛불을 비추어 살피고,

모든 항구로 항해해서 거래를 트고 모험을 즐기며,

그 누구보다 열심이면서도 변덕스러운 현대의 군중들과 함께 조급하게 굴다가,

내가 싫어하는 자에게 발끈하고, 광분해서 금세라도 그 자를 칼로 찌를 기세였다가,

한밤중이면 나의 뒷마당에서 고독하게, 나의 상념들을 나에게서 한참 동안 떠나보내,

아름다운 자비의 신을 내 옆에 끼고 유대의 옛 언덕들을 거닐다가,

우주를 두루 쏘다니고, 천국과 별들을 요리조리 쏘다니고,

일곱 위성과 드넓은 환[16]의 한복판과 직경 8,000마일

---

16 "드넓은 환"은 토성을, "일곱 위성"은 토성의 주요 위성들을 가리킨다. 21세기 현재에는 토성의 위성이 수십 개에 달하는 것으로 알려져 있으나, 19세기 말까지 9개의 위성이 발견되었으며, 휘트먼의 『풀잎』 초판(1855)이 나올 무렵에는 그 숫자가 더 적었다. "일곱 위성"은 문맥상으로는 이 시를 지을 당시까지 알려진 토성의 위성을 가리키지만, 헤라의 질투 때문에 곰으로 변한 칼리스토의 전설이 담겨있는 큰곰자리(북두칠성이 포함되어

의 그 천체를 두루 쏘다니고,

꼬리 달린 유성들과 함께 쏘다니며, 다른 별들처럼 불덩이들을 퍼붓고,

뱃속에 자신의 충만한 어미를 품고 다니는 초승달 아이를 데리고 다니며,

폭풍치고, 즐기고, 계획하고, 사랑하고, 경고하고,

받쳐주고 메우고, 나타났다 사라지면서,

나는 낮에도 밤에도 그런 길들을 나아간다.

나는 천체들의 과수원들을 방문하여 그 산물들을 구경한다.

그래서 10의 18제곱에 달하는 무르익은 과일들을 구경하고 10의 18제곱에 달하는 설익은 과일들을 구경한다.

나는 그 떠다니며 꿀꺽꿀꺽 삼키는 영혼의 비행체들을 조종한다.

나는 다림추의 소리보다 낮은 속도로 비행한다.

나는 물질과 비-물질을 만끽한다.

어떤 파수꾼도 나를 저지하지 못하고, 어떤 법도 나를

있다)나, 사냥꾼 오리온에 쫓긴 일곱 자매의 사연이 담겨있는 플레이아데스성단 등을 연상시키는 표현이다.

막을 수 없다.

나는 나의 비행선을 잠시만 정박시킬 뿐이다.

나의 전령들이 계속 비행을 떠나거나 각자의 수익을 나에게 가져다준다.

나는 극지의 모피 동물들과 바다표범을 사냥하러 가서, 뾰족한 끄트머리의 장대로 깊은 구렁들을 뛰어넘어, 부러질 것 같은 푸르스름한 고드름들에 매달린다.

나는 앞 돛대 꼭대기의 전망대로 올라간다.

나는 그 까마귀 둥지에 자리를 잡고 밤늦도록 머무른다.

우리는 북극해를 항해하기에, 빛은 족할 만큼 많다.

맑은 대기를 헤치고 나는 두루 내뻗어서 그 경이롭고 아름다운 광경을 어루만진다.

거대한 얼음덩어리들이 나를 지나치고 나는 그 덩어리들을 지나간다. 그 풍광은 온 사방으로 한결같다.

하얀-꼭대기의 산들이 멀리서 모습을 드러내면, 나는 나의 환상들을 그 산들로 급파한다.

우리는 머지않아 교전을 벌일 어떤 거대한 전쟁터로 접근한다.

우리는 그 야영지의 어마어마한 전진기지를 지나간다.

우리는 조용한 걸음걸이로 조심조심 지나간다.

아니면 우리는 교외를 지나 어느 황폐한 거대도시로 들어간다,

지구에 현존하는 모든 도시보다 한층 크고 많은 건축물과 추락한 구조물들이 있는 도시로.

나는 자유로이 출입하는 전우. 나는 타오르는 야경-모닥불 옆에서 노영한다.

나는 침상에서 신랑을 쫓아내고 신부인 나 자신에 열중한다.

나는 밤새도록 그녀의 몸을 나의 양 허벅지와 입술로 바짝 쥔다.

나의 목소리는 아내의 목소리, 계단 난간의 끼익하는 소리,

그 소리들이 흠뻑 젖어서 뚝뚝 듣는 나, 남편의 몸을 일으킨다.

나는 영웅들의 널찍한 가슴들을 이해한다.

현대와 모든 시대의 용기를 이해한다.

작은 상선의 선장이 만원 승객에도 불구하고 통제하는 사람 하나 없이 조난한 기선과 그 배를 이리저리 몰아치

는 죽음의 폭풍을 지켜보던 모습,

그 선장이 주먹을 굳게 움켜쥐고 한 치의 물러섬도 없이, 한결같이 낮에도 충실하고 밤에도 충실했던 모습,

그리고 *기운 내세요, 우리는 절대로 여러분을 버리지 않을 것입니다,* 라고 분필로 널빤지에 커다랗게 썼던 글귀,

그 선장이 사흘 동안 침로를 이리저리 변경하며 기선을 쫓아갈 뿐 포기하지 않으려 했던 모습,

그 선장이 마침내 그 표류하던 사람들을 구하던 장면,

여위어 헐거운 옷을 걸치고 예비 무덤이나 다름없는 배의 현측에서 다른 배로 갈아타던 여인들의 모습,

말 없는 늙은 안색의 아기들과 들것에 실려 옮겨진 병자들과 앙다문 입술에 면도도 하지 못한 사내들의 모습,

이 모두를 나는 삼킨다. 맛이 좋다. 나는 그 맛을 아주 좋아한다. 그 모두가 나의 것이 된다.

나도 그 사내요, 나도 고생했다. 나도 거기에 있었다.

순교자들의 경멸과 침착한 태도,

옛날에, 마녀로 유죄판결을 받아서 마른 장작에 불태워졌던 어머니, 그 장면을 지켜보았던 그녀의 자식들,

사냥개들에 쫓겨 도망치다가 힘이 빠져서, 울타리에 몸을 기대고 땀으로 범벅되어 숨을 헐떡거리는 노예,

그의 두 다리와 목을 바늘처럼 쿡쿡 찌르는 통증들, 치

명적인 대형 산탄과 소총탄들,

이 모두를 나는 느끼며 그 모두가 또한 나다.

나는 사냥개들에게 쫓기는 그 노예, 나는 그 개들한테 물려서 움찔움찔한다.

지옥과 절망이 나를 엄습한다. 사수들이 탕 탕 쏘고 또 쏜다.

나는 울타리의 가로대를 움켜쥔다. 나의 피가 나의 살갗에서 가늘게 새어 나와, 뚝뚝 떨어진다.

나는 잡초 우거진 돌밭에 쓰러진다.

말을 타고 온 사람들이 싫어하는 말에 박차를 가하고, 고삐를 바짝 당기며,

나의 핑핑 도는 귀에 욕지거리를 퍼붓고 채찍-손잡이로 나의 머리를 광포하게 내리찍는다.

숱한 고통은 내가 갈아입는 옷 중의 한 벌이다.

나는 상처 입은 사람에게 느낌이 어떠냐고 묻지 않는다. 나는 나 자신이 그 상처 입은 사람이 된다.

내가 지팡이에 기대어 주시하면 나의 상처들이 나의 몸에서 시퍼렇게 변한다.

나는 짓이겨져서 흉골이 으스러진 소방관,

무너진 벽들이 그 잔해 속에 나를 묻어버렸다.

열기와 연기를 나는 흡입하였다. 나는 나의 동료들이 고함치며 외치는 소리를 들었다.

나는 그들이 철걱철걱 척척 곡괭이질하고 삽질하는 아련한 소리를 들었다.

그들이 들보들을 치워냈다. 그들이 나를 조심조심 들어 빼냈다.

나는 밤공기가 감도는 곳에 붉은 셔츠차림으로 누워있다. 팽배한 침묵은 나를 걱정하는 기운,

어쨌든 고통 없이 나는 누워서 기진맥진해 있을 뿐 그리 불행하지는 않다.

나를 에워싸고 있는 얼굴들이 하얗고 아름답다. 머리에서 소방모자를 모두 벗고,

무릎을 꿇고 있는 무리의 모습이 횃불들의 불빛과 함께 흐릿해진다.

아득한 죽음에서 소생하자,

그들이 마치 내 몸의 글자판처럼 보이고 바늘들처럼 움직인다. 나 자신이 바로 시계다.

나는 한 늙은 포병. 나는 내 주둔지의 포격전에 관해

이야기한다.

나는 다시 거기에 있다.

다시 북을 두드리는 고수들의 긴 연타,

다시 공격하는 대포, 박격포들,

다시 나의 경청하는 귀에 들려오는 반격의 대포 소리.

나는 참전한다. 나는 전부 보고 듣는다

환성, 저주, 아우성, 명중한 포탄에 보내는 갈채,

붉은 핏방울을 질질 흘리며 천천히 지나가는 구급대,

피해지역들을 찾아다니며 긴급보수를 하는 공병대원들,

찢어진 천막지붕 사이로 떨어지는 수류탄들, 부채꼴의 폭발,

허공에 붕 떠오르는 팔다리, 머리들, 돌멩이, 나무, 쇳덩이.

죽어가는 우리 장군의 입이 다시 꼴딱거리는 소리. 그가 맹렬하게 손을 흔든다.

그가 핏덩이를 토하며 헐떡거린다. *나는 신경 쓰지 마라 — 참호방어에 — 진력하라.*

34

이제 나는 어린 시절에 텍사스에서 알게 된 전투를 이야기하려 한다.

(나의 이야기는 알라모 요새의 함락이 아니다.

도망쳐서 알라모의 함락을 전한 이가 아무도 없었다.

150명이 알라모에서 여전히 말이 없다.)

그것은 412명의 젊은이가 차가운 피로 얼룩져서 살해된 이야기다.

퇴각하던 그들은 각자의 행낭을 흉벽 삼아 공동방진[17]을 쳤다.

900명의 목숨이, 그 숫자의 아홉 배에 달하는 적군에 포위되어, 이미 희생을 치른 상황이었다.

그들의 연대장이 부상하고 탄약도 바닥난 상태였다.

그들은 교섭해서 명예로운 조건부항복을 하고, 문서에 인장을 받은 다음에, 무기들을 버리고 전쟁 포로들이 되어 후위에서 행진하였다.

그들은 득의양양한 기습공격 대원들이었다.

군마, 라이플총, 진군가, 저녁 식사, 구애까지 일기당천의

17 "공동방진"은 중앙을 비우고 사각형으로 배치한 방어진을 말한다.

커다랗고, 사나우면서도, 관대하고, 단정하고, 당당하고, 다정한,

텁수룩한 수염, 햇볕에 그을린 몸에, 자유로운 사냥꾼 복장의

사내들로, 서른 살을 넘은 이가 단 한 명도 없었다.

두 번째 일요일 아침에 그들은 분대별로 투입되었다가 몰살당하고 말았다. 그날은 아름다운 초여름 날이었다.

그 교전은 대략 다섯 시에 시작되어 여덟 시에 끝났다.

아무도 무릎을 꿇으라는 명령에 복종하지 않았다.

일부는 미친 듯이 무모하게 돌진하였고, 일부는 굳건하고 꿋꿋하게 버텼다.

두세 명이 관자놀이나 가슴에 총을 맞고, 동시에 쓰러졌다. 산 자와 죽은 자들이 함께 누웠다.

팔다리가 끊기고 결딴난 이들이 흙 속에 파묻혔다. 신참들이 현장에서 그 장면들을 목격하였다.

몇 명이 반-주검 상태의 몸으로 기어나가려 했다.

총검에 찔려 급사했거나 소총의 뭉툭한 개머리판에 난타당한 이들이었다.

열일곱 살도 되지 않은 한 젊은이가 자신을 죽인 암살자를 꽉 붙들고 늘어졌다가 두 명이 가세하고 나서야 그

를 풀어주었다.

그 세 명 모두 찢긴 몸에 그 소년의 피로 뒤덮여 있었다.

11시 정각에 시신들의 화장이 시작되었다.

이것이 412명의 젊은이가 살해된 이야기의 전모다.

35

옛날의 해전에 대해 듣고 싶은가?

달빛과 별빛을 받으며 누가 이겼는지 알고 싶은가?

수병이었던 내 할머니의 아버지가 나에게 들려준 그 긴 이야기를 들어보라.

정말이지 우리의 적군은 배에 잠복하고 있지만은 않았지. (그분이 말씀하셨다.)

적의 공격은 험악한 영국식의 속공이었는데, 그보다 맹렬하고 확실한 공격은 없어, 예전에도 없었고, 앞으로도 없을 것이야.

어스름한 저녁이 되자 적선이 무섭게 우리를 몰아치기 시작했어.

우리는 놈들과 접전을 벌였지. 활대[18]들이 뒤얽혔고,
대포에 대포로 맞받아쳤지.

우리 함장님이 진두지휘해서 맹공을 퍼부었어.

우리는 수중에서 18파운드에 달하는 포탄들을 받아냈단다.

우리의 하-포열-갑판에서 두 대의 커다란 포가 첫발을 발사해서, 그 주변에 있던 모두를 죽이고 상갑판까지 날려버렸지.

해질녘에 싸우고, 어둠 속에서도 싸웠지.

밤 10시, 보름달이 두둥실 떠올랐을 무렵에, 누수가 쌓이고 쌓여서, 5피트의 물이 찼다는 보고가 올라오자,

선임 위병 하사관이 후부 선창에 감금되었던 포로들을 풀어주더구나. 각자 살길을 도모해 보라는 뜻이었지.

이쯤 되면 무기 저장고를 드나드는 사람은 보초들의 제지를 당하기 일쑤지,

그들도 낯선 얼굴들을 너무 많이 본 탓에 누구를 믿어야 할지 모르니까.

---

18 "활대"는 돛 위에 가로댄 나무를 말한다.

우리의 프리깃함이 불을 뿜으면,

다른 선대가 묻지, 우리한테 지원요청을 하는 건가?

우리의 깃발들이 내려졌는데 싸움이 끝났나?

우리 어린 함장님의 목소리를 듣고는, 그제야 나는 흡족하게 웃지.

우리가 타격을 가하지는 못했다. 그분이 침착하게 외치지. *이제 막 우리 몫의 전투를 시작했을 뿐이다.*

겨우 세 대의 대포를 사용 중이었거든.

한 대는 함장님이 직접 적선의 큰 돛대를 겨누고,

두 대는 포도탄과 산탄을 적절히 날려서 적선의 소총부대를 침묵시키고 적선의 갑판을 결딴내버리지.

오로지 전투 장루[19]만이 이 작은 포대의 사격을 지원하지, 특히 큰 돛대의 망대를 비롯하여,

모든 장루가 작전 내내 훌륭하게 버텨내지.

한순간도 멈추지 않고,

계속 펌프질을 해도 누수량이 급속하게 늘어나고, 불길

19 "장루"는 군함의 돛대 위에 꾸며 놓은 대를 말하며, "망대"는 적의 동정을 살피는 높은 대로, 망루라고도 한다.

도 날름거리며 화약고를 파먹을 기세지.

펌프 중 하나가 포탄에 맞아서 박살 나버리자, 우리가 침몰하리라는 불안한 생각이 배 안에 퍼지는데.

그 어린 함장님은 태연하게 서 있지.

그분은 허둥대지 않고, 그분의 목소리는 높지도 낮지도 않아.

그분의 두 눈은 우리의 전투-조명들보다 밝은 빛을 우리에게 비추지.

12시 무렵에 드디어 달빛 속에서 적군이 우리에게 항복하고 말지.

36

한밤이 길게 뻗어 가만히 누워있고,

두 거대한 선체가 정지한 채 어둠의 가슴팍에 안겨있지.

벌집처럼 구멍이 나서 서서히 가라앉는 우리 배, 우리가 물리친 배로 갈아타기 위한 준비절차,

후갑판에서 종잇장처럼 하얀 얼굴로 냉정하게 명령을

하달하는 함장님,

그 근처에는 선실에서 복무하다 죽은 아이의 시체,

길고 하얀 머리칼과 콧수염을 정성스럽게 말아 올린 노련한 수병의 생기 없는 얼굴,

가능한 조치를 다 취했음에도 돛대와 상갑판 밑에서 날름거리는 불꽃들,

여전히 직무를 수행하고 있는 두세 장교들의 쉰 목소리,

아무렇게나 쌓여 있는 시체 더미들과 동떨어져 있는 시신들, 돛대와 둥근 활대들에 묻어있는 살점들,

잘린 밧줄 조각, 흔들거리는 삭구, 살짝 부딪혀서 위무하는 파도,

무감한 검은 대포들, 어수선하게 흩어져있는 화약-꾸러미들, 격한 냄새,

머리 위에서 고요히 애처롭게 반짝거리는 큰 별 몇 개,

묘하게 퀴퀴한 해풍 내, 해변의 사초 풀밭과 개펄 냄새, 생존자들에게 맡겨진 죽음의 전언들,

외과의의 식식대는 메스 소리, 그의 톱이 이를 갉아대는 소리,

쌕쌕대는 소리, 쯧쯧 소리, 콸콸 떨어지는 핏방울 소리, 짧고 사나운 비명, 그리고 길게, 맥없이, 가늘어지는 신음,

이런 일들이 그래, 다 피치 못할 일들이지.

37

이 굼벵이들아 경계해라! 너희의 무기들을 잘 간수해라!
패자의 문들로 그들이 모여든다! 나는 귀신 들린 몸!
추방당했거나 고통스러워하는 모든 혼령을 구현한다.
다른 사람의 모습으로 수감된 나 자신을 보고,
그 지루하고 끝없는 고통을 절감한다.

나 때문에 재소자들을 지키는 간수들이 소총을 어깨에 메고 감시한다.
아침에 풀려났다가 밤에 수감되는 이는 바로 나다.

웬 폭도만 수갑을 차고 감옥으로 걸어가는 것이 아니다. 나도 그의 몸에 수갑을 걸고 그와 나란히 걸어간다.
(나는 그중 유쾌한 사람이 아니라, 오히려 말 없는 사람으로, 나의 씰룩거리는 입술에 땀방울이 맺혀 있다.)

웬 젊은이만 절도죄로 붙잡히는 것이 아니다. 나 역시 심판대에 올라, 재판을 받고, 선고를 받는다.

웬 콜레라 환자만 마지막 숨을 헐떡거리며 누워있는 것이 아니다. 나 또한 마지막 숨을 헐떡이며 누워있다.

나의 얼굴도 잿빛이요, 나의 근육도 비틀려서, 사람들도 나를 피해 멀찍이 물러난다.

걸인들이 나의 몸으로 들어오면 나는 그들의 몰골로 변한다.

나도 나의 모자를 쭉 내민 채, 부끄러워하는 얼굴로 앉아서, 구걸한다.

38

그만! 그만! 그만!

왠지 나의 정신이 멍해졌다. 물러서라!

나에게 잠시만 시간을 달라. 안 그래도 나의 두들겨 맞은 머리, 밀려드는 졸음, 숱한 꿈, 잇따른 하품에 몽롱해서,

나 자신이 금방이라도 평소처럼 무슨 실수를 저지를 것 같다.

내가 조롱하는 사람들과 온갖 모욕들을 잊을 수 있게!

내가 줄줄 흐르는 눈물과 곤봉과 망치의 구타를 잊을 수 있게!

내가 혼령의 눈으로 나 자신의 십자형과 피투성이 대

관식을 지켜볼 수 있게!

나는 이제 기억한다.

나는 너무 오래 머물러 있었던 성체의 조각으로 돌아간다.[20]

그 바위 무덤이 혼자만 간직하고 있었거나, 모든 무덤에 털어놓은 비결들을 증식시켜,

시체들이 일어나고, 깊은 상처들이 치료되고, 쥠쇠들이 펴져서 나의 몸에서 떨어져 나간다.

나는 절대적인 힘으로 다시 채워져서 열을 지어 나아간다. 평소와 다름없이 끝없이 이어지는 행렬,

내륙과 해안으로 우리는 나아가서, 모든 경계선을 넘는다.

온 지구를 누비고 지나가는 길에 치르는 즉석 성찬 의식들,

수천 년을 자란 그 꽃들을 우리는 각자의 모자에 꽂는다.

제자들아, 내가 너희에게 경의를 표하나니! 용기를 내라!

계속 주석을 달아라, 계속 질문해라!

---

20 기독교의 성찬식을 연상시키는 표현이다. 성찬식은 예수의 수난을 기념하는 기독교의 의식으로, 예수의 최후를 기념하여, 회중이 예수의 살을 상징하는 빵과 피를 상징하는 포도주를 나누어 먹는다. 그와 같은 맥락에서 다음 행 "바위 무덤"은 '부활한' 예수 그리스도의 무덤을 연상시킨다.

39

저 상냥하고 미끈한 야만인, 그는 누구인가?

그는 문명을 기다리고 있는가, 아니면 문명을 넘어서서 문명을 지배하고 있는가?

그는 집 밖에서 자란 어느 남서부 사람일까? 그는 캐나다 사람일까?

그는 미시시피 시골 출신일까? 아이오와, 오리건, 캘리포니아 출신일까?

산골 출신일까? 대초원-태생, 오지-태생일까? 아니면 바다에서 온 뱃사람일까?

그가 가는 곳마다 남자들과 여자들이 그를 받아들이고 욕구한다.

그들은 그가 자기들을 좋아하고, 자기들을 만지고, 자기들과 얘기를 나누고, 자기들과 함께 머물기를 바란다.

눈송이처럼 제멋대로인 행동거지, 잔디처럼 소박한 말투, 빗지 않은 머리칼, 너털웃음에, 천진한 성품,

느릿한 걸음걸이, 평범한 이목구비, 평범한 태도와 분위기,

등등이 늘 새로운 모습으로 그의 손가락 끝에서 전해지고,

그의 체취와 숨결로 감돌고, 그의 눈길에서 나풀나풀 날아오른다.

40

과시하는 햇살아 너의 일광욕은 나에게 필요 없다 — 꺼져라!

너는 외면만 비출 뿐이다. 나는 외면에 심연 또한 돌파한다.

대지야! 너는 나의 손에서 뭔가를 찾는 것 같은데,

말해보아라, 늙은 상투 머리야, 너는 무엇을 원하느냐?

남자야 또 여자야, 내가 너희를 얼마나 좋아하는지 말해주면 좋으련만, 그럴 수 없고,

내 안에 뭐가 있고 너희 안에 뭐가 있는지 말해주면 좋으련만, 그럴 수도 없다.

내가 품고 있는 저 갈망, 내 밤들과 낮들의 저 맥동을 말해주면 좋으련만.

보라, 나는 강연을 하거나 작은 자선을 베푸는 게 아니다.
내가 줄 때 나는 나 자신을 준다.

거기서, 무력하게 늘어져서 무릎을 꿇고 있는 너희야,
너희의 주름진 얼굴들을 펴라, 내가 너희 안에 근성을 불어넣어 줄 테니.
너희의 손바닥들을 펼치고 너희 주머니의 덮개들을 들어 올려라.
나는 거절을 허락하지 않는다. 나는 억지로라도 줘야겠다. 나에게는 비축해둔 것이 많아서, 나눠줄 것도 많다.
그래서 내가 가진 무엇이든 다 준다.

나는 너희가 누구인지 묻지 않는다. 그런 것은 나에게는 중요하지 않다.
내가 너희를 감싸주지 않는다면 너희는 아무것도 할 수 없는 무에 지나지 않는다.

목화밭의 단순일꾼이나 옥외변소 청소부한테도 나는 기댄다.
그의 오른쪽 뺨에 나는 가족 입맞춤을 하고,
나의 영혼을 걸고 나는 절대로 그를 거부하지 않겠다

고 맹세한다.

임신적령의 여인들에게 나는 더욱 크고 민첩한 아기들을 배게 한다.

(오늘 나는 훨씬 더 도도한 미래 공화국들의 원료를 분출하는 것이다.)

누구든 죽어가고 있으면, 그곳으로 나는 득달같이 달려가서 문의 손잡이를 비틀어 열고,

이부자리를 침대의 발치 쪽으로 젖힌 다음에,

의사와 목사를 집으로 돌려보낸다.

나는 그 죽어가는 사람을 붙잡고 거부할 수 없는 의지로 그를 일으킨다.

아 절망한 사람이여, 여기 나의 목에 기대라.

맹세코, 당신은 쓰러지지 않을 것이다! 당신의 온몸으로 나를 꽉 붙잡아라.

내가 굉장한 숨결로 당신을 팽창시킬 테니, 내가 당신의 기운을 북돋을 테니,

그 집의 모든 방을 내가 무장한 부대,

나를 사랑하는 사람들, 무덤의 방해꾼들로 채울 테니.

자라 — 나와 그들이 밤새도록 지킬 테니,

분명, 어떤 죽음도 감히 당신의 몸에 손가락을 대지 못할 테니.

내가 당신을 끌어안은 이상, 이제부터 당신은 나의 몸이다.

그래서 아침에 일어나면 당신도 내가 하는 말이 정말임을 알게 될 것이다.

41

나는 반듯이 누워 헐떡거리는 병자들에게 도움을 주는 사람이요,

튼튼하게 곧추선 사람들에게 나는 더 절실히 필요한 도움을 주는 사람이다.

나는 우주에 대한 옛이야기를 들었다.

수천 년의 이야기를 듣고 또 들었다.

웬만큼은 꽤 믿을 만한 이야기인데 — 그게 다일까?

나는 확대해서 적용하려 한다.

애초부터 신중한 늙은이 행상인들보다 비싼 값을 매기고,

여호와의 엄격한 일면들을 받아들이며,

크로노스, 그의 아들 제우스와 그의 손자 헤라클레스를 석판에 새긴다.[21]

오시리스, 이시스, 벨로스, 브라흐마, 부처에 대한 선묘화들을 구입하고,[22]

나의 작품집 목록에 조잡한 마니또,[23] 나뭇잎을 타고 가는 알라, 십자고상 판화와 함께,

오딘과 섬뜩한 얼굴의 멕시틀리와 낱낱의 신상과 우상을 덧붙여 넣고,[24]

그 모두를 한 푼도 보태지 않고 딱 제값에 인수해서,

---

21 그리스신화에서 크로노스는 거인족 출신으로 아버지 우라노스의 왕위를 빼앗고, 그것을 아들 제우스에게 다시 빼앗긴다. 헤라클레스는 크로노스의 손자이자 제우스의 아들로, 12가지 위업(가령, 머리 100개의 뱀 히드라 퇴치)을 달성한 영웅이다.

22 오시리스는 이집트 신화에서 지하세계를 관장하는 신이자 풍요의 신으로 숭배된 최고의 신. 형의 권력을 시샘한 동생 세트(악의 신)에게 살해당한 오시리스는 몸이 갈가리 찢겨 곳곳에 뿌려졌으나 여동생이자 아내였던 이시스가 남근을 제외하고 버려진 몸을 모아서 땅에 묻어주었으며, 남근이 그에게 새로운 생명을 주어 지하계의 통치자이자 재판관으로 부활했다고 전해진다. 벨로스는 아시리아의 전설적인 왕이자 신. 브라흐마는 힌두교의 주요 신 중 하나로, 황금알에서 태어나 땅과 땅 위의 만물을 창조했다는 설과 비슈누(힌두교의 세 주신 중 하나로, 네 개의 팔을 가지고 있으며, 용 위에서 명상하는 자세로 세계의 질서를 유지하는 신)의 배꼽에서 피어난 연꽃에서 탄생했다는 설이 있다.

23 마니또는 알곤킨족 인디언(캐나다와 미국 동부의 아메리카 원주민들)의 자연 혼령.

24 오딘은 북부유럽의 신화에서 예술, 문화, 전쟁 등을 관장하는 최고의 신을, 멕시틀리는 멕시코의 원주민 아즈텍족의 전쟁 신을 가리킨다.

그들이 예전에 살아있었고 저마다 시대의 과업을 수행했음을 인정한다.

(깃털도 나지 않은 새들이 머잖아 스스로 일어나 날아다니며 노래하듯 그들도 미력하나마 어린것들을 낳았으니)

그 조야한 신에 대한 밑그림들을 받아들여 나의 몸속에서 한결 아름답게 살찌운 다음에, 그것들을 내가 만나는 모든 남자와 여자에게 아낌없이 나눠준다.

집의 뼈대를 짜는 사람한테서도 그만큼 아니면 더 많이 찾아내서,

소맷자락 걷어붙이고 나무 메를 치고 끌질하는 그에게 한층 많은 권리금을 주고,

특별한 계시들에 반대하지 않고, 소용돌이치는 한 자락의 연기나 내 손등의 털 한 올도 어떤 계시와 똑같이 진기하게 생각하며,

소방펌프와 사닥다리 소방차의 밧줄을 붙들고 있는 젊은이들도 나에게는 고대의 전쟁 신들에 못지않다고 여기고,

우르르 무너지는 소리에 섞여서 울려 퍼지는 그들의 목소리,

숯처럼 까맣게 탄 오리목들을 무사히 넘어가는 그들의 늠름한 팔다리,[25] 화염에서 상처 없이 온전하게 벗어난 그들의 하얀 이마에도 마음을 쓴다.

---

25 "오리목"은 가늘고 길게 켠 목재를 말한다.

아기에게 젖을 물린 채, 태어난 모든 사람을 위해 탄원하는 정비공의 아내,

허리께까지 축 늘어진 셔츠차림의 통통한 세 천사를 두고 나와서 쓱싹쓱싹 잇따라 수확하는 세 개의 낫,

과거와 앞날의 죄들까지 속죄하는 붉은 머리칼에 뻐드렁니의 마부,

가지고 있는 것을 모두 팔아, 먼 길을 걸어와서 남동생의 변호사 비용을 치르고 사기죄로 재판을 받는 동생 곁에 앉아있는 형,

내 주변의 평방 로드[26]의 땅에 아주 넉넉하게 흩뿌렸으나, 그 평방 로드를 다 채우지 못하고 흩뿌려졌던 무엇,

절반도 제대로 숭배받지 못했던 황소와 곤충,

꿈에도 몰랐을 만큼 기특한 똥과 오물,

대수롭지 않은 불가사의들, 지고의 존재가 되는 순간을 기다리는 나 자신,

최선인들처럼 많은 선을 행하여 비범한 존재가 될 나를 위해 준비하고 있는 날에 의해,

또한 나의 활력-덩어리들에 의해! 나는 어느새 또 다른 창조자가 되어,

바로 여기 지금의 나 자신을 매복한 환영들의 자궁에

26 "로드"는 길이의 단위로는 약 5.03 미터, 면적의 단위로는 약 25.29제곱미터.

넣는다.

42

군중들 속에서 부르는 소리,

나 자신의 목소리, 낭랑하게 울려 퍼지는 확고한 외침.

오라 나의 아이들아,

오라 나의 소년들과 소녀들아, 나의 여인들, 가족들과 벗들이여,

드디어 연주자가 담력을 발휘하기 시작한다. 그가 가슴 속의 피리로 이제 막 서곡을 연주하였다.

쉽게 쓰여서 분방하게-운지 되는 심금—나는 네 절정과 종결의 통통 튀는 소리를 느낀다.

나의 머리가 나의 목 위에서 빙빙 돈다.

음악 소리도 돌고 돈다. 그러나 기관에서 나는 소리가 아니다.

사람들이 나를 에워싼다. 그러나 그들은 내 가족들이 아니다.

견고하여 가라앉지 않는 땅이 언제나,

먹고 마시는 사람들도 언제나, 오르내리는 태양도 언제나, 공기와 끊임없는 조석도 언제나,

새롭고, 짓궂고, 현실적인 나 자신과 나의 이웃들도 있을 것이요,

불가해한 옛 질문도 여전히, 저 가시투성이의 엄지, 저 가렵고 애타게 하는 숨결도 여전히 있을 것이며,

성가시게 하는 자의 흥! 흥! 콧방귀 소리도 우리가 그 음흉한 자의 은신처를 찾아내서 그자를 끌어낼 때까지 계속될 것이고,

사랑도 언제나, 삶의 흐느끼는 액체도 언제나 있을 것이며,

턱을 받치는 붕대도 여전히, 죽음의 가대도 여전히 있을 것이다.

두 눈에 동전 한 닢씩 얹고 이리저리 걸어 다니며,

배의 탐욕을 채우기 위해 대범하게 숟가락질을 해대는 골머리들,

입장권을 사서, 받고, 되팔 뿐, 축제에는 한 번도 입장하지 못한 채,

땀을 흘리고, 쟁기질하고, 탈곡해서 임금 대신 왕겨를

받는 다수,

게으름피우며 쉽게 소유하고도 계속해서 밀을 요구하는 소수.

이것이 도시요 나도 그 시민 중 한 사람이다.

그 나머지의 관심을 끄는 모든 것이 나의 관심거리다, 정치, 전쟁들, 시장들, 신문들, 학교들,

시장과 시의원들, 은행들, 각종 요금, 증기선들, 공장들, 주식들, 가게들, 부동산과 동산이 모두.

칼라의 깃을 세우고 연미복 차림으로 물수제비뜨듯 돌아다니는 소수의 윤택한 꼬마둥이들,

나는 그들이 누군지 안다. (그들은 확실히 벌레도 아니고 벼룩도 아니다.)

나는 나 자신의 복제물들을 인정한다. 그 나약하고 천박하기 짝이 없는 모습들은 나와 함께 죽지 않는다.

내가 행하고 말하는 것이 똑같이 그들을 기다린다.

내 안에서 버둥거리는 모든 생각이 똑같이 그들 안에서 버둥거린다.

나는 나 자신의 이기심을 완벽하게 잘 안다.

내 잡식성의 시행들을 알기에 그 어떤 것도 줄여 쓰지

않고,

당신이 누구든 당신을 불러와서 나와 함께 얼굴을 붉히게 할 것이다.

나의 이 노래는 상투적인 말들이 아니라,

느닷없이 묻고, 훌쩍 뛰어넘지만, 더 가까이 데려오는

이 인쇄되어 묶인 책이다—그런데 인쇄업자와 인쇄소 사환이 없다면?

잘-찍힌 사진들이다—그런데 당신의 품에 친밀하고 친근하게 안겨있는 당신의 아내나 벗이 없다면?

강철로 장갑하고, 포탑에 강력한 대포를 장착한 흑선[27]이다 — 그런데 함장과 기관 장교들의 담력이 없다면?

집 안의 식기류와 요리와 가구다—그런데 주인과 안주인, 그들의 내다보는 눈길이 없다면?

저 높은 하늘이다—그런데 여기나 이웃, 혹은 길 건너편이 없다면?

역사 속의 성인들과 현인들이다.—그런데 당신 자신이 없다면?

설교들, 신조들, 신학이다—그런데 깊이를 알 수 없는 인간의 머리와

27 "흑선"은 16~19세기에 일본열도에 출현한 서양의 배들을 일컬어 붙여진 이름.

이성이라는 것이 없다면? 또 사랑이라는 것이 없다면? 또 삶이라는 것이 없다면?

43

나는 당신들 사제들을 경멸하지 않는다. 모든 시대, 온 세상을 통틀어,

나의 믿음이 가장 큰 믿음이자 가장 적은 믿음으로,

고대와 현대의 숭배 그리고 과거와 현대 사이의 모든 숭배를 아우르며,

나는 오천 년 후에 대지에 다시 태어날 것이라고 믿고,

신탁소들에서 응답을 기다리며, 신들을 경배하고, 태양에 경례하며,

첫 번째 바위나 나무 그루터기를 물신으로 섬기고, 오비 주술의 원 안에서 막대기를 두드리며 의식을 치르고,[28]

신상들의 등불들을 환하게 꾸미는 라마승이나 브라만을 돕고,

남근 행렬에 동참하여 춤추며 거리를 돌아다니다가, 황

28 "오비"는 아프리카나 서인도 제도의 흑인들 사이에서 행해지는 주술, 혹은 거기에 쓰이는 주물이나 부적을 말한다.

홀경에 취하여 고행하는 숲속의 나체 수도자로 살고,

해골-바가지의 꿀 술을 마시고, 힌두 성전 샤스트라와 베다에 감복하고, 코란의 말씀에 유의하고,

돌과 칼에 피로 얼룩진 아즈텍 사원 테오칼리스를 걷고, 뱀-가죽 북을 두드리고,

복음서들을 받아들여 십자가에 못 박혔던 분을 믿고, 그분이 신이라는 것을 확실하게 알고,

미사를 보며 무릎을 꿇거나 청교도의 기도회에서 북받치거나, 아니면 신도석에 참을성 있게 앉아있고,

광란의 갈림길에서 고함치며 거품을 물거나, 나의 영이 나를 일깨울 때까지 죽은 듯이 기다리고,

노면과 땅, 아니면 노면과 땅 바깥을 바라다보다가,

하염없이 돌고 도는 나선계단이 된다.

그렇게 구심적이자 원심적인 무리의 일원으로서 나는 돌면서 마치 짐을 남겨두고 여행을 떠나는 사람처럼 말한다.

따분하고, 소외되어 낙담한 의심꾼들,

경솔하고, 찌무룩하고, 울적하고, 화내고, 슬퍼하고, 낙심하는, 무신론자들,

나는 당신들을 낱낱이 다 알고 있다. 나는 그 고통, 의

심, 절망과 불신의 바다도 알고 있다.

그 고래 꼬리들이 어찌나 첨벙대는지!

그것들이 어찌나 번개처럼 재빠르게 뒤틀며, 발작 난 듯 격정을 분출하는지!

의심꾼들과 곧잘 찌무룩해지는 이들의 살벌한 꼬리들이여 안심하라.

나는 어떤 무리에 속해도 그러듯 당신들 사이에서도 자리를 잡나니.

과거는 정확히 똑같이, 당신들, 나, 모두의 궁지요,

아직 경험하지 못한 후일담도 정확히 똑같이, 당신들, 나, 모두에게 시험대이니.

나도 아직 경험하지 못한 후일담을 모른다.

그러나 나는 그것이 실패담이 아니라, 차차 흡족한 이야기로 드러날 것이라고 확신한다.

지나가는 이가 모두 주시받고, 멈추는 이도 모두 주시받기에, 단 한 명의 이야기도 실패담일 리 없다.

죽어서 묻힌 젊은 남자의 이야기도,

죽어서 그의 곁에 묻힌 젊은 여자의 이야기도,

문틈으로 엿보다가 뒷걸음쳐 달아난 후로 다시는 보이지 않는 어린 꼬마의 이야기도,

내내 목적 없이 살다가 이제야 쓸개보다 씁쓸한 인생의 맛을 통감하는 늙은 남자의 이야기도,

럼주와 악성 기능장애로 결핵결절이 생겨서 구빈원에 입소한 그의 이야기도,

무수히 살육되어 파멸한 사람들의 이야기도, 사람의 똥으로 불리는 잔인한 코부족[29]의 이야기도,

떠다니며 입을 벌린 채 미끄러져 들어오는 먹이만 받아먹는 소크족[30]의 이야기도,

지상에 있거나, 지구의 가장 오래된 무덤들 속에 묻혀 있는 그 어떤 것의 이야기도,

무수한 천체들 안에 있는 그 어떤 것의 이야기도, 그 천체들에서 사는 더 무수히 많고 많은 생명체의 이야기도,

현재의 이야기도, 알려진 가장 작은 생물의 이야기도 실패담일 리 없다.

---

29 "코부족"은 인도네시아 수마트라섬 남동부 해안에 있는 팔렘방의 원주민 부족.

30 "소크족"은 북미 인디언의 한 부족.

44

이제 나 자신을 설명할 시간이다—자 일어서자.

알려진 것을 나는 모두 벗어버린다.

나는 모든 남자와 여자들을 나와 함께 미지의 세계로 진출시킨다.

시계는 순간을 가리킨다—그런데 영원은 무엇을 가리키는가?

우리는 지금껏 수조 번의 겨울과 여름을 소진하였다.

앞으로도 수조 번, 또 그 앞으로도 수조 번이 남아있다.

온갖 탄생이 우리에게 풍요와 다양성을 가져다주었다.

그리고 다른 탄생들이 우리에게 풍요와 다양성을 가져다줄 것이다.

나는 어떤 것은 크고 어떤 것은 작다고 하지 않는다.

각각의 시대와 장소를 채우는 것은 모두 동등하다.

나의 형제요, 나의 자매, 당신들을 인류가 잔인하게 대했거나 시기했는가?

나는 당신들에게 미안하다. 그들은 나를 잔인하게 대하지 않고 시기하지도 않는다.

그동안 모두가 나에게 상냥했다. 나에게는 애통해할 하등의 이유도 없다.

(무엇 때문에 내가 애통해하랴?)

나는 이룩된 일들의 정점이요, 나는 성취될 일들을 에워쌀 사람이다.

나의 두 발은 온갖 계단들의 최정상들을 내디딘다.

각 계단에 놓여있는 다발 같은 시대들, 그 계단들 사이에 놓여있는 더 큰 다발의 시대들을,

모두 충분히 밟고 돌아다녔으며, 여전히 나는 오르고 또 오른다.

한 계단을 오를 때마다 내 뒤에서 환영들이 머리를 숙인다.

까마득한 밑에서 나는 거대한 최초의 무를 본다. 나는 내가 거기에도 있었다는 것을 알고 있다

내가 보이지 않게 언제나 기다리며, 무기력한 안개 속에서 잠들어,

늑장을 부린 탓에, 악취 나는 탄소로부터 아무런 상처도 입지 않았다는 것을.

오랫동안 나는 꼭 안겨있었다 — 오래 아주 오랫동안.

나의 탄생을 위한 준비과정은 거창하였다.
나를 도왔던 팔들은 충실하고 친절하였다.

순환 주기들이 즐거운 사공들처럼 노를 젓고 또 저어서, 나의 요람을 나룻배처럼 건네주었다.
둥글게 모여 있던 별들도 나에게 길을 터주려고 비켜주며,
신비로운 힘들을 발산해서 나를 품게 될 존재를 보살펴주었다.

내가 나의 어머니 몸에서 태어나기 전에 여러 세대가 나를 인도해주었다.
그 사이에 나의 태아는 활기를 잃은 적이 없었다. 그 무엇도 그 태아를 위압할 수 없었다.

그 태아를 위해 성운이 응집해서 한 천체를 이루었다.
그 길고 느릿한 기층이 쌓여서 그 위에 태아를 편안하

게 뉘었고,

거대한 식물들이 그 태아에게 자양분을 공급했다.

거대한 도마뱀들이 그 태아를 입에 물고 날라 와서 조심스럽게 넘겨주었다.

온갖 힘들이 끊임없이 동원되어 나를 완성시켰고 기쁘게 해주었다.

그래서 지금 이 장소에 내가 나의 강건한 영혼과 함께 서 있는 것이다.

45

오 젊음의 시절! 줄기차게 뻗치는 탄력이여!

오 균형 잡히고, 볼그족족하고, 충만한 성년이여.

나의 연인들이 나를 숨 막히게 한다.

나의 입술에 밀어닥치고, 내 살갗의 털구멍들을 가득 메우며,

나를 밀치고 나가 거리와 공회당들을 돌아다니다가, 밤이 되면 알몸으로 나에게 다가오고,

낮에는 강의 바위들에서 *어어이!* 소리치고, 나의 머리

위에서 흔들거리며 노래하고,

꽃밭, 덩굴 밭, 뒤엉킨 덤불 숲에서 나의 이름을 부르고,

내 삶의 모든 순간을 밝게 비추고,

은은하게 향긋한 입술로 나의 몸에 키스하고,

소리 없이 자기네 가슴에서 두 손 가득 선물을 꺼내서 나에게 가지라며 건네준다.

멋들어지게 떠오르는 노년! 오 반가워라, 저물어가는 날들의 형언할 수 없는 품위여!

낱낱의 상황이 스스로 퍼뜨릴 뿐 아니라, 그 상황으로 인해 그 후로 생겨날 일들도 퍼뜨리기에,

어두운 고요[31]도 그 어느 것에 못지않게 많이 퍼뜨린다.

나는 밤이면 나의 천창을 열고 아득히 흩뿌려진 천계를 바라다보며,

아주 머나먼 천계의 가장자리가 아니라, 내 생각이 미칠 수 있는 높이의 끄트머리까지 증식되어있는 삼라만상을 관찰한다.

널리 널리 만상은 퍼져간다, 팽창하면서, 언제나 팽창

31 "어두운 고요"는 '죽음'을 가리킨다.

하면서

밖으로 계속 밖으로 영원히 밖으로.

나의 태양은 그의 태양을 품고 순종적으로 그를 돌고,

그는 그의 동무들과 합세해서 더 큰 상급의 순환 집단을 이루며,

더 거대한 집단들이 뒤따라, 점점이 모여서 자기들끼리 더더욱 큰 집단들을 이룬다.

거기에 정지는 없으며 정지는 결코 있을 수 없다.

혹시 나, 당신과 세계들, 그리고 그 표면들의 아래나 위에 있는 모든 것들이 이 순간에 줄어들어서 다시 어떤 흐릿한 부유물로 변해버린다고 해도, 장기적으로는 아무런 영향도 못 미칠 것이다.

우리는 필시 지금 우리가 서 있는 곳에서 다시 멈출 것이고,

필시 그만큼 훨씬 더 멀리, 그다음에는 더더욱 멀리멀리 나아갈 것이기에.

몇 쿼드릴리온의 시대, 몇 옥틸리온의 입방 리그라고 해도[32] 그 기간을 위태롭게 하거나 그 넓이를 불안하게

32 "쿼드릴리온"은 10의 15제곱(1000조), "옥틸리온"은 10의 27제곱에 상

만들지 못한다.

그 기간과 넓이도 그저 일부에 불과하고, 그 어떤 것도 일부일 뿐이기에.

언제나 그렇게 멀리 보라. 그 바깥에 무한한 공간이 있다.
언제나 그렇게 많이 세라. 그 둘레에 무한한 시간이 있다.

내가 만날 장소와 시간은, 확실하게, 정해져 있다.
주님이 거기서 기다리고 계실 것이다. 내가 약정을 완수하고 도착할 때까지,
그 위대한 동무, 내가 연모하는 그 진실한 연인이 거기에 계실 것이다.

46

나는 내가 최상의 시간과 공간을 가지고 있으며, 결코 측정된 적이 없고, 측정되지 않으리라는 것도 알고 있다.

나는 터벅터벅 걸어서 부단한 여행을 한다. (자 모두

당하는 숫자. "리그"는 거리의 단위로, 1리그는 약 3마일(약 5km), 면적의 단위로는 1평방 리그를 말한다.

들어보라!)

나의 길잡이들은 방수 비옷, 튼튼한 신발과 숲에서 자른 지팡이뿐이다.

어떤 벗도 나의 의자에 앉아서 편히 쉬지 못한다.

나는 의자도, 교회도, 철학도 가지고 있지 않다.

나는 그 누구도 저녁 식사, 서재, 대화에 초대하지 않는다.

그저 당신들 모든 남자와 모든 여자를 나는 둥근 언덕으로 이끌어,

나의 왼손으로 당신의 허리를 슬쩍 후려 감싸고,

나의 오른손으로 대륙과 공공대로의 풍경들을 가리킬 따름이다.

나도, 다른 누구도, 당신을 위해 저 길을 여행할 수 없다.

당신이 스스로 그 길을 가야만 한다.

길은 멀리 있지 않고, 가까이에 있다.

어쩌면 당신은 태어난 후로 그 길 위에 내내 있었으면서 몰랐을 따름이리라.

어쩌면 길은 물 위와 땅 위의 곳곳에 있을지 모른다.

귀한 사람아 당신의 옷을 어깨에 걸쳐라. 나는 나의 옷을 걸칠 테니, 어서 함께 나아가 보자.

우리 함께 가면서 멋진 도시들과 자유로운 나라들을 구상해 보자.

당신이 지치면, 두 짐을 모두 나에게 맡기고, 당신 손의 통통한 부위를 나의 엉덩이에 얹고 쉬어라.

그리고 때가 되면 당신도 똑같은 서비스로 나에게 갚아야 할 것이다.

우리가 출발한 이상 다시는 한숨 돌릴 틈이 없을 테니.

오늘 동이 트기 전에 나는 언덕에 올라가서 북적북적한 하늘을 쳐다보았다.

그리고 나는 나의 영혼에게 물었다. *우리가 저 천체들과 그 안에 사는 만물의 기쁨과 지혜를 모두 감싸 안게 되는 날, 그때가 되면 우리는 뿌듯하고 흡족할까?*

그러자 나의 영혼이 말했다. *아니, 우리는 그 상승력을 수평비행으로 전환해서 그 너머로 계속 나아갈 뿐이야.*

당신 역시 나에게 질문들을 하고 나는 당신의 말을 듣는다.

나는 답해줄 수 없다고 대답한다. 당신이 스스로 찾아야 한다.

귀한 사람아, 잠시 앉아라.

여기 먹을 비스킷이 있고 여기에는 마실 우유가 있다.

그러나 당신이 잠들어 고운 옷으로 갈아입고 새롭게 태어나자마자, 나는 당신에게 작별의 입맞춤을 하고 출입구를 활짝 열어서 당신을 떠나보낼 것이다.

충분히 오랫동안 당신은 시시한 꿈들을 꾸었다.

이제 내가 당신의 두 눈에서 눈곱을 씻어줄 테니,

당신이 스스로 눈부시게 빛나는 당신 인생의 모든 순간에 어울리는 옷을 입어야 한다.

오랫동안 당신은 물가의 판자 쪼가리를 붙들고 전전긍긍하며 헤쳐 왔다.

이제 내가 당신을 담찬 수영선수로 변신시켜서,

바다 한가운데로 펄쩍 뛰어들었다가, 다시 솟구쳐, 나에게 고개를 끄덕끄덕하며 환호성을 지르고, 깔깔거리며 당신의 머리칼로 물을 튀기게 해주겠다.

47

나는 운동가들의 선생이다.

나의 곁에서 나보다 널찍한 가슴을 쭉 펴 보이는 제자도 결국에는 나와 같은 가슴 넓이,

그는 선생을 무너뜨려 버리라고 가르치는 나의 교육방식을 매우 존중한다.

내가 아끼는 소년, 그도 똑같이 물려받은 체력이 아니라, 자신의 타고난 권리로 어른이 된다.

순종적이거나 두려워서 덕을 베풀기보다는 차라리 심술궂고,

자기 애인을 좋아하고, 자신의 스테이크를 아주 맛나게 먹고,

짝사랑이나 무시가 그에게 날카로운 강철 자상보다 더 깊은 상처를 입히고,

말타기, 싸움, 황소 눈치기, 돛단배 몰기, 노래를 부르거나 밴조 연주도 더할 나위 없이 잘하고,

비누 거품을 내서 말끔히 면도한 사람들보다는 흉터들과 수염과 천연두 자국에 얽은 얼굴들을 오히려 좋아하고,

햇볕을 피하는 사람들보다 적당히 볕에 그을린 이들을 더 좋아한다.

나는 나에게서 벗어나라고 가르치지만, 과연 누가 나에게서 벗어날 수 있으랴?

당신이 누구든 나는 바로 지금부터 당신을 따라갈 것이다.

나의 말들이 당신의 두 귀를 근질근질 괴롭힐 것이다, 당신이 그 말들을 이해해줄 때까지.

내가 푼돈이나 얻어내려고, 아니면 내가 배를 기다리는 동안에 시간이나 때워보려고 이런 말들을 하는 게 아니다.

(당신도 나 자신에 못지않게 말이 많은 사람이다. 나는 마치 당신의 입 안에 묶여있는

당신의 혀인 척 행동하고, 나의 입 안에 있는 그 혀가 느슨히 풀리기 시작할 따름이다.)

맹세컨대 나는 결코 다시는 어떤 집 안의 사랑이나 죽음을 언급하지 않을 것이다.

또 맹세컨대 나는 집 밖에서 사적으로 나랑 함께 머무는 남자나 여자에게만, 나 자신을 번역해주지도 않을 것이다.

당신이 나를 이해하고 싶다면 높은 곳이나 물가로 가보라.

가장 가까이 있는 각다귀가 한 가지 설명이요, 물결의 물방울 하나나 동태도 한 가지 열쇠요,

큰 나무망치, 노, 띠톱 역시 나의 말들을 뒷받침하나니.

덧문이 내려진 방이나 학교는 나와 교감할 수 없다.
차라리 불량배들과 어린아이들이 그것들보다 낫다.

젊은 기계공이 나랑 아주 가까운 사이다. 그는 나를 잘 안다.
도끼와 주전자를 들고 일하러 가는 나무꾼도 온종일 나를 데리고 다닐 것이다.
들에서 쟁기질하는 소년 농장일꾼도 나의 목소리를 들으면 즐거운 기분이 들고,
나의 언어 돛을 띄워주는 배들에서도, 나는 어부들과 선원들과 함께 어울리고 그들을 좋아한다.

야영하거나 행진하는 군인도 나의 벗이다.
임박한 전투 전날 밤이면 여러 명이 나를 찾아오고, 나는 그들을 실망시키지 않는다.
그렇게 착잡한 밤이면 (그게 그들의 마지막 밤일 수도 있다) 나를 아는 이들이 나를 찾아온다.

나는 담요를 덮고 홀로 누워있는 사냥꾼의 얼굴에 나의 얼굴을 비빈다.

마부는 나를 생각하느라 마차가 덜컹거려도 아랑곳하지 않는다.

젊은 엄마와 늙은 어머니도 나를 이해한다.

소녀와 아내도 바늘을 잠시 내려놓고 자기들이 어디에 있는지 깜빡한다.

그들과 모두가 그동안 내가 그들에게 들려준 이야기들을 다시 시작할 것이다.

48

나는 영혼이 바로 육체라고 말했고,

나는 육체가 바로 영혼이라고 말했다.

또 사람에게 자신의 자아보다 위대한 것은 아무것도 없다. 신조차도 위대하지 않으며,

누구든 짧은 거리라도 걸으면 문상 없이 스스로 수의를 입고 자신의 장지로 걸어가면 되고,

나나 당신이나 땡전 한 푼 없는 빈털터리라도 흙 몇 삽은 살 수 있을 것이요,

한 눈으로 흘긋 보거나 꼬투리 속의 콩알 하나 보여주는 것으로도 모든 시대의 지식을 뒤죽박죽으로 만들어버리고,

직업이나 직장은 없으나 일자리를 구하는 젊은이가 영웅이 될 수 있으며,

바퀴-달린 우주에 공헌하는 물체 중에서 마차 바퀴통만큼 부드러운 것은 없기에,

나는 모든 남자 혹은 여자에게 말한다. 너희의 영혼이여 백만의 우주들 앞에 당당히 의연하게 서라.

또 나는 인류에게 말한다. 신에 대해 궁금해하지 마라.

각각의 인간에 대해 궁금해하는 나는 신에 대해 궁금해하지 않기 때문이다.

(어떤 용어들을 늘어놓더라도 신에 대한 또 죽음에 대한 나의 아주 평온한 마음을 표현할 수 없다.)

나는 낱낱의 사물 속에서 신의 목소리를 듣고 신을 본다. 그러나 신을 눈곱만큼도 이해하지 못하며,

누군가가 나 자신보다 더 경이로울 수 있다는 것도 이해하지 못한다.

멋진 오늘이면 되었지, 왜 내가 신을 보고 싶어 하겠는가?

나는 그 스물네 시간의 모든 시각과 모든 순간마다 신의 무언가를 본다.

남자들과 여자들의 얼굴들에서, 또 거울에 비친 나 자

신의 얼굴에서 나는 신을 본다.

나는 거리에 떨어진 신의 편지들을 발견하는데, 하나같이 신의 이름이 서명되어 있어서,

나는 그 편지들을 제자리에 두고 떠난다. 내가 어디로 가든,

다른 편지들이 어김없이 언제나 영원히 올 것임을 나는 알기 때문이다.

49

그리고 너 죽음에 대해 말하자면, 너 필멸의 쓰라린 포옹아, 나를 겁주려 해도 소용없다.

그 산과의사는 와서 망설임 없이 자기 일을 할 따름이다.
나는 누르고 받아내고 지탱하는 그 늙은-손을 지켜본다.
나는 그 예민하고 유순한 문틀에 기대어
그 출구를 주시하고, 구원과 탈출을 주시한다.

그리고 너 시체에 대해 말하자면, 나는 너를 좋은 거름으로 생각할 뿐, 그것이 나를 불쾌하게 하지는 않는다.

나는 달콤한 향기를 풍기며 커가는 하얀 장미들의 향

을 맡는다.

나는 그 꽃잎 같은 입술을 어루만진다. 나는 수박처럼 윤이 나는 가슴들을 어루만진다.

그리고 너 삶에 대해 말하자면, 나는 네가 숱한 죽음들의 지스러기라고 생각한다.

(의심할 여지가 없이 나 자신이 만 번이나 죽어보았다.)

나는 너희가 속삭이는 소리를 듣는다, 저기 저 하늘의 오 별들이여,

오 태양들이여—오 무덤들의 잔디여—오 부단한 이전과 승격들이여,

너희가 아무 말도 하지 않으면 내가 무슨 말을 할 수 있으랴?

가을 숲속에 숨어 있는 흐릿한 물웅덩이에 대하여,

솨솨 속삭이는 황혼의 가파른 하늘을 내려오는 달에 대하여,

낮과 땅거미의 동요, 불꽃들—마소의 똥에 묻혀 썩어가는 검은 줄기들에 어린 동요,

메마른 나뭇가지들의 구슬픈 횡설수설에 따른 동요에 대하여.

나는 그 달에서 떠오른다. 나는 그 밤에서 떠오른다.

나는 그 유령처럼 가물거리는 빛이 한낮 햇살의 반영이라고 지각한다.

그래서 크든 작든 그 새끼 빛이 한결같은 중심 빛으로 흘러든다고.

50

나의 안에 그것이 있다 — 나는 그것이 뭔지 모른다 — 그러나 나는 그것이 나의 안에 있다는 것을 알고 있다.

나의 몸이 괴로워서 땀에 흠뻑 젖었다가 — 차분하게 식으면,

나는 잠을 잔다 — 나는 오랫동안 잠을 잔다.

나는 그것을 모른다 — 그것에는 이름이 없다 — 그것은 말하지 않은 어떤 말이다.

그것은 어떤 사전, 발화, 상징에도 들어 있지 않다.

그것은 내가 발을 딛고 도는 지구보다 큰 곳을 딛고 도

는 무엇이다.

그것에게는 창조가 벗이요 그 벗의 포옹이 나를 깨운다.

어쩌면 내가 더 말해 줄 수도 있다. 대요! 나는 나의 형제들과 자매들에게 간청한다.

오 나의 형제들과 자매들이여, 당신들도 보이는가?

그것은 혼돈이나 죽음이 아니다 — 그것은 조직, 연합, 계획이다 — 그것은 영원한 삶이다 — 그것은 행복이다.

51

과거와 현재는 이운다 — 나는 그것들을 채웠고, 그것들을 비웠다.

그리고 미래라는 나의 다음 울타리를 채우러 나아간다.

저 위에서 듣고 있는 이여! 당신은 나에게 뭘 꼭 털어놓고 싶은가?

내가 엷결음질 치는 저녁의 내음을 킁킁거리는 동안 나의 얼굴을 들여다보라.

(정직하게 말해보라, 나 말고는 아무도 당신의 말을 듣

지 못하고, 나는 잠시만 더 머무를 참이니.)

내가 나 자신을 부정하는가?
그렇다면 아주 잘 되었다. 나는 나 자신을 부정한다.
(나는 크다. 나는 다수를 품고 있다.)

나는 가까이 있는 것들에 집중한다. 나는 그 문의 평판에서 기다린다.

누가 하루 일을 마쳤는가? 누가 제일 먼저 자신의 저녁 식사를 끝낼까?
누가 나와 함께 걷고 싶은가?

내가 가버리기 전에 당신이 말해주겠는가? 이미 너무 늦었다는 것을 당신은 알까?

52

얼룩덜룩한 매가 급강하해서 휙 지나가며 나를 힐난한다. 그는 내가 수다를 떨며 빈둥거린다고 투덜댄다.

나 또한 조금도 길들일 수 없는 존재, 나 또한 번역 불가의 존재다.

나는 세상의 지붕 너머로 나의 야만적인 외침을 내지른다.

하루의 마지막 조각구름이 나의 소리에 멈칫한다.

그 구름이 그늘진 야생의 만물에 깃든 평안과 진실을 꼭 닮은 내 모습의 그림자를 내던진다.

그 구름이 나를 꾀어 안개와 황혼에게 데려간다.

나는 공기처럼 떠난다. 나는 도망치는 해를 향해 나의 하얀 머리채를 흔든다.

나는 회오리에 휩쓸려 나의 몸을 방출하고, 레이스의 깔쭉깔쭉한 천 조각들처럼 표류한다.

나는 나 자신을 흙에게 물려준다, 내가 사랑하는 풀에서 돋아나도록.

혹시 당신이 나를 다시 필요로 하거든 당신의 장화-바닥에서 나를 찾아보라.

당신은 내가 누군지 또 내가 무슨 말을 하는지 잘 모르겠지만,

그럼에도 불구하고 나는 당신에게 건강으로 변해,
당신의 피를 걸러주고 섬유질을 공급해 줄 것이다.

단번에 나를 불러내지 못한다고 용기를 잃지 마라.
한 곳에서 나를 놓치거든 다른 곳에서 찾아보라.
나는 어딘가에 멈추어 당신을 기다리고 있을 것이다.

자발적인 나

Spontaneous Me

자발적인 나, 자연,

성실한 낮, 떠오르는 태양, 함께 있으면 행복한 나의 벗,

나의 어깨에 한가하게 걸려있는 내 벗의 팔,

마가목의 꽃들로 하얗게 물든 산비탈,

늦가을이면 빨강, 노랑, 충충한 황갈색, 자주색, 연초록과 진초록 색조들로 물드는 같은 산비탈,

무성하게 휘덮인 풀밭, 동물들과 새들, 풀이 무성하게 자란 한적한 둑, 야생 사과들, 조약돌들,

뚝뚝 떨어지는 아름다운 단장들, 내가 어쩌다가 불러내거나 떠올리면 하나둘 허물없이 다가오는 사물들,

생생한 시들, (그냥 그림 같아서 우리가 시라고 부르는 것들,)

밤의 사생활에 관한 시와 나 같은 남자들의 시들,

내가 항상 품고 다니고, 모든 남자가 품고 다니지만, 부끄러워서 수그리는 바람에 보이지 않는 이 시,

(딱 한 번만 알아달라고, 일부러 맹세한 나 같은 남자들이 있는 곳이면 어디에나, 우리의 원기 왕성하게 숨어있는 남자 시들이 있다.)

사랑-생각들, 사랑-즙, 사랑-향, 사랑-순응, 사랑-오르기, 그리고 서서히 차오르는 애액,

사랑의 팔들과 손들, 사랑의 입술들, 사랑의 음경 엄지, 사랑의 가슴들, 사랑으로 함께 밀착되어 딱 붙어 있는 복부들,

순결한 사랑의 대지, 오로지 사랑 후의 생명일 따름인 생물,

내 사랑의 몸, 내가 사랑하는 여자의 몸, 남자의 몸, 대지의 몸,

남서쪽에서 불어오는 부드러운 아침나절의 바람,

윙윙거리며 오르락내리락 갈망하다가, 성숙한 처녀-꽃을 와락 붙들고, 구부정히 올라타서 다감하고 단단한 다리로 그 꽃을 부여잡은 다음에, 그 꽃을 마음껏 취하고, 자신의 몸을 바들거리며 꽉 죄었다가 마침내 욕구를 푸는 털북숭이 야생-벌,

이른 시간들 내내 축축이 젖어 있는 숲,

밤에 서로 꼭 끌어안고 누워서 잠을 자는 두 사람, 한 사람의 팔이 비스듬히 가로질러 내려가서 다른 사람의 허리 밑으로 파고드는 모습,

사과들의 향, 뭉개진 쑥, 박하, 자작나무-껍질에서 풍기는 향기들,

소년의 갈망들, 그가 꿈꾸고 있던 것들을 나에게 털어

놓을 때의 붉은 기색과 압박감,

빙글빙글 돌다가 조용히 추락해서 만족스럽게 착지하는 죽은 나뭇잎,

광경들, 사람들, 사물들로 나를 콕콕 찌르는 무형의 침들,

나를 찌르는 만큼, 누군가도 찌를 수 있는 내 몸의 중심에 있는 침,

오로지 특권을 부여받은 이들만이 친근하게 만져볼 수 있는 민감한, 방울 모양의, 아래로 삐져나와 있는 형제들,

몸 위를 두루 돌아다니는 호기심 많은 방랑자 손, 멈칫거리며 달래듯이 조심스럽게 더듬는 손가락들의 감촉에 수줍음 타며 움츠리는 살결,

젊은 남자의 몸속에 들어있는 맑은 액체,

애타는 아주 구슬프고 아주 고통스러운 침잠,

고문, 진정되지 않고 애태우는 물결,

그런 기분을 나도 똑같이 느끼고, 타인들도 똑같이 느낀다.

얼굴이 후끈후끈 달아오르는 젊은 남자와 얼굴이 화끈화끈 달아오르는 젊은 여자도,

밤이 깊도록 깨어있는 젊은 남자, 그를 정복하려는 무언가를 억누르기 위해 애쓰는 뜨거운 손,

그 신비롭고 요염한 밤, 낯설면서도 거의-반가운 격통들, 환영들, 땀들,

두 손바닥을 두근두근 두드리고 감싸는 손가락들을 와들와들 떨게 하는 맥박, 온통 붉게 달아올라, 수치스러우면서, 성난 젊은 남자도 느낀다.

자발적으로 발가벗고 누워있는 바다 같은 나의 몸에 나의 연인이 풍덩 뛰어드는 소리,

양지바른 풀밭을 기어 다니는 쌍둥이 아기들, 그 아이들에게서 절대 두 눈을 떼지 않고 지켜보고 있는 엄마의 유쾌한 웃음소리,

호두나무-줄기, 호두-겉껍질들과 익어가거나 다 익어서 넉넉하게-둥그스름한 호두열매들,

식물들, 새들, 동물들의 절제,

나는 결국에는 비열하게 살금살금 숨어다니거나 꼴사나운 모습을 보이고 말겠지만, 새들과 동물들은 단 한 번도 숨거나 꼴사나운 모습을 보이지 않을 것이다.

모성의 위대한 순결에 어울리는 부성의 위대한 순결,

내가 맹세했던 생식 서약, 나의 아담들과 새로 태어날 딸들,

굶주림에 낮과 밤으로 나의 몸을 갉아 먹다가, 태어날 아들들이 나의 자리를 메우고 나의 운이 다할 때라야 비로소 충족될 탐욕,

그 완전한 구원, 안도, 만족,

그리고 나의 몸에서 마구잡이로 뜯겨 나올 이 아이-다

발,

그 과업이 완수되면 — 나는 그 다발이 어디에 떨어지든 상관없이 아무렇게나 내던질 것이다.

원초적인 순간들

Native Moments

원초적인 순간들—너희가 나를 덮칠 때면—아 너희가 지금 이 몸에 임했으니,

나에게 당장 음탕한 기쁨들을 줄기차게 달라.

내 열정들이 흠뻑 젖게 해달라. 나에게 음란하고 음탕한 삶을 달라.

오늘-낮에 나는 자연의 총아들과 어우러지고, 밤에도 그럴 것이다.

나는 분방한 환희들을 믿는 사람들의 편이다. 나도 젊은이들의 한밤 난잡한 짓들을 함께 즐긴다.

나도 춤꾼들과 춤추고 술꾼들과 함께 마신다.

우리의 추잡한 외침들에 메아리가 울려 퍼진다. 나는 나의 가장 사랑하는 벗에게 약간 저질의 벗을 골라준다.

그 벗도 무법자에, 무례한, 무식쟁이가 될 것이다. 그도 저지른 짓거리들 때문에 남들에게 비난을 받을 것이다.

나는 더 이상 어떤 역할도 하지 않을 것이다. 왜 내가 동무들한테서 버림받아 유랑해야 하나?

오 외면 받는 이들이여, 나는 적어도 너희를 피하지 않는다.

나는 너희의 한가운데로 들어간다. 나는 너희의 시인이 될 것이다.

나는 다른 어떤 사람들보다도 너희에게 소중한 사람이 될 것이다.

나에게 찬란하고 고요한 태양을 달라

Give Me the Splendid Silent Sun

1

나에게 온통-눈부신 광선들을 품은 찬란하고 고요한 태양을 달라.

나에게 과수원의 붉게 무르익어 즙이 많은 가을 과일을 달라.

나에게 베어내지 않은 풀이 자라는 들판을 달라.

나에게 나무 그늘을 달라. 나에게 격자로 엮인 포도나무를 달라.

나에게 싱싱한 옥수수와 밀을 달라. 나에게 차분한 거동으로 만족을 가르치는 동물들을 달라.

나에게 마치 미시시피강 서쪽의 높은 고원들에 있는 듯이 완벽하게 고요한 밤들을 달라, 내가 별들을 쳐다볼 수 있게.

나에게 동틀 녘에 향기를 풍기는 아름다운 꽃들의 정원을 달라, 거기서 내가 방해받지 않고 산책할 수 있게.

나에게 내가 절대 싫증 내지 않을 달콤한 숨결의 결혼 배필을 달라.

나에게 완벽한 자식을 달라. 내가 세상의 소음을 떠나 시골에서 가정적인 삶을 누리게 해달라.

나에게 나 홀로, 나의 귀만을 위하여 자발적인 노래들을 부를 은둔처를 달라.

나에게 고독을 달라. 나에게 자연을 달라. 나에게 다시 오 자연이여 네 원시의 건강을 달라!

그런 것들을 갖고 싶어서 이렇게 요구하며, (끊임없는 흥분에 지치고, 전쟁 같은 분투에 녹초가 되어)

이렇게 얻고자 끊임없이 요구하며, 내 가슴의 애원 소리를 드높이지만,

끊임없이 청하면서도 여전히 나는 나의 도시를 고수한다.

하루 또 하루 한 해 또 한 해를 오 도시, 너의 거리들을 걷고 있다.

이곳에서 너는 나를 꽉 붙들어놓고 한동안 놓아주지 않지만,

나를 배불리 먹여주고, 영혼을 풍성하게 살찌워주며, 너는 나에게 쉴 새 없이 숱한 얼굴들을 선물하나니.

(오 내가 벗어나려 했던 것들이 맞서서, 나의 애원들을 뒤집어버리는 꼴이구나.

나 자신의 영혼이 자기에게 요구한 것들을 짓밟아버리

는 꼴이구나.)

2

너의 찬란하고 고요한 태양을 지켜라.

오 자연아 너의 숲들과 숲 가의 고요한 장소들을 지켜라.

너의 클로버와 큰조아재비 들판들, 너의 옥수수-밭들과 과수원들을 지켜라.

꽃들이 활짝 피어나 구월의 꿀벌들이 윙윙대는 메밀밭들을 지켜라.

대신 나에게 숱한 얼굴들과 거리들을 다오 — 나에게 인도를 따라 끊임없이 끝없이 나아가는 이 환영들을 다오!

나에게 한없이 지나치는 눈들을 다오—나에게 여자들을 다오 — 나에게 수천의 동무들과 연인들을 다오!

내가 날마다 새로운 이들을 보게 해다오—내가 날마다 새로운 이들의 손을 잡게 해다오!

나에게 온갖 구경거리들을 다오 — 나에게 맨해튼의 거리들을 다오!

나에게 병사들이 행진하는 브로드웨이를 다오 — 나에게 나팔과 북들의 소리를 다오!

(중대 혹은 연대 소속의 병사들 — 상기된 얼굴로 무모

하게 앞서나가는 병사들,

복무를 마치고 성긴 횡렬로 돌아오는 젊지만, 몹시 늙고 지친 얼굴로, 행진할 뿐, 아무런 관심도 보이지 않는 병사들)

나에게 거뭇한 배들이 마치 테를 두르듯 빽빽이 들어찬 해변들과 부두들을 다오!

오 나에게 그런 삶을 다오! 오 강렬한 삶, 가득히 충만하고 다채로운 삶!

극장, 술집, 거대한 호텔의 활기를 나에게!

기선의 객실! 운집한 여행객들을 나에게! 횃불 행렬을!

전쟁터로 향하는 밀집한 여단 병력, 수북이 짐을 싣고 뒤따르는 군용 짐마차들,

끊임없이 줄줄이 이동하는 사람들과 강렬한 목소리들, 열정들, 가장행렬들,

그들의 강력한 맥동들, 두드리는 북소리에 들뜬, 지금 같은 맨해튼 거리들,

끊임없이 떠들썩한 합창, 소총들의 절걱 철커덕 소리, (부상자들의 안타까운 모습까지)

떠들썩하게 합창을 부르는 맨해튼의 군중들!

맨해튼의 얼굴들과 눈들을 영원히 나에게 다오.

신들

Gods

성스러운 연인이요 완벽한 동무,

보이지는 않지만 분명, 만족스럽게 기다리는

그대가 나의 신이 되어라.

그대여, 그대, 이상적인 인간이여,

공평하고, 유능하고, 아름답고, 자족하고, 자애로운,

몸으로 마무르고 정신으로 팽창하는

그대가 나의 신이 되어라.

오 죽음이여, (삶이 그동안 도와주었으니)

천국의 저택을 지키는 문지기여 안내자여,

그대가 나의 신이 되어라.

내가 보고, 상상하거나, 아는 가장 강력하고, 좋은 것, 무엇이든,

(썩은 끈을 끊어버리고 — 스스로, 스스로 자유로운, 오 영혼이여,)

그대가 나의 신이 되어라.

모든 위대한 사상들, 민족들의 대망들이여,
모든 영웅적 자질들, 황홀한 열성인들의 공적들이여,
너희가 나의 신들이 되어라.

또한 시간과 공간이여,
또한 성스럽고 경이로운 대지의 형세여,
또한 내가 바라보며, 숭배하는 어떤 고운 형체여,
또한 빛나는 천체 태양이여 밤하늘의 별이여,
너희가 나의 신들이 되어라.

나는 전기 통하는 몸을 노래한다

I Sing the Body Electric

1

나는 전기 통하는 몸을 노래한다.

내가 사랑하는 이들의 군단이 나를 감싸고 나는 그들을 감싼다.

그들은 나를 놓아주지 않을 것이다, 내가 그들과 어울려, 그들에게 반응하고,

그들을 정화하고, 영혼의 전하로 그들을 가득 충전시킬 때까지.

자기 몸을 더럽히는 자들은 몸을 숨긴다는데 과연 그런지 의심해 보았는가?

또 살아있는 이들을 더럽히는 자들은 죽은 이들을 더럽히는 자들만큼이나 악할까?

또 육체는 영혼만큼 최선을 다하지 않나?

또 육체가 영혼이 아니라면, 영혼은 무엇인가?

2

남자나 여자의 몸에 대한 사랑이 설명을 꺼리게 한다. 몸 자체가 설명을 꺼리게 한다.

남자의 몸은 완벽하고, 여자의 몸도 완벽하다.

얼굴의 표정도 설명을 꺼리게 한다.

그러나 균형 잡힌 남자의 표정은 그의 얼굴에만 나타나는 게 아니다.

그의 팔다리와 관절들에도 깃들어 있고, 신기하게도 그의 궁둥이와 손목 팔목 관절들에도 배어있으며,

그의 걸음걸이, 그의 목놀림, 허리와 양 무릎의 굴곡에도 배어있어서, 옷도 그를 가리지 못한다.

남자가 지닌 강인하고 다정한 속성은 무명천과 광폭모직을 뚫고 나온다.

그런 남자가 지나가는 모습을 보면 마치 최고의 시, 아니 그 이상의 많은 뜻을 전하는 것 같아서,

당신이 머뭇거리며 그의 등과 그의 목덜미와 어깨-죽지를 바라보는 것이다.

허우적거리는 통통한 아기들, 여인들의 젖가슴과 머리들, 그네 옷의 주름들, 우리가 거리에서 지나치는 그들의

몸차림, 그들의 하체 곡선,

수영장에서 알몸으로 수영하는 남자, 그가 투명한 푸른-빛을 헤치고 헤엄치거나, 얼굴을 하늘로 향한 채 드러누워 오르내리는 물결을 타고 조용히 이리저리 굽이치는 모습,

노 젓는 배의 노잡이들, 안장에 앉은 기수가 몸을 앞으로 뒤로 구부리는 모습,

저마다 자기 일을 하는 소녀들, 어머니들, 주부들,

점심시간에 도시락-통을 펼쳐놓고 앉아있는 노동자들 무리와 기다리고 있는 아내들,

아이를 달래고 있는 여자, 정원이나 소-우리에 있는 농부의 딸,

괭이로 옥수수밭을 가는 젊은이, 여섯 필의 말을 몰아 군중 사이로 내달리는 썰매-몰이꾼,

씨름선수들의 씨름, 선한 천성의 토박이로 태어나, 제법 성장해서, 건장한 두 견습생 소년들이 일을 마치고 해 질녘에 공터로 놀러 나온 모습,

벗어 놓은 외투들과 모자들, 사랑의 포옹과 저항,

위-선창과 아래-화물창, 헝클어져서 두 눈을 덮어 가리는 머리카락,

제복을 입은 소방관들의 행진, 깔끔하게 다린 바지들과 허리띠들을 비집고 나와서 벌렁거리는 남성들의 근육,

불을 끄고 천천히 돌아가다가, 갑자기 다시 울리는 종소리에 멈춰 서서, 경보에 귀를 기울이는 모습,

자연스럽고 완벽한 가지각색의 자세들, 그 수그린 머리, 굽은 목과 수를 세는 모습,

이런 것들을 나는 사랑한다—나는 나 자신을 풀어서, 자유롭게 지나가다가, 어린아이와 함께 어머니의 가슴에 안겨 있고,

수영하는 이들과 함께 수영하고, 씨름꾼들과 함께 씨름하고, 소방관들과 함께 열을 지어 행진하다가 멈추어, 경청하고, 수를 센다.

3

나는 한 남자를 알았다. 그는 평범한 농부로, 다섯 아들의 아버지였다.

그리고 그 자식들도 자식들의 아버지들이요, 그 자식들도 자식들의 아버지들이었다.

이 남자는 놀라운 활력을 지닌 침착하고 아름다운 사람이었다.

그의 머리 모양, 연노랗고 희끗희끗한 머리카락과 수

염, 그의 검은 두 눈에 깃들어 있는 헤아릴 수 없는 의미, 그의 거동들에 배어있는 여유로움과 너그러움,

이런 모습들을 보고 싶어서 나는 그를 찾아가곤 하였다. 그는 또한 슬기로웠다.

그는 6피트의 키에, 여든이 넘은 나이였다. 그의 자식들도 올차고, 정직하고, 수염이 나고, 볕에 탄 얼굴의 미남들이었다.

그들과 그의 딸들은 그를 사랑했다. 그를 보았던 모두가 그를 사랑했다.

그들은 억지로 그를 사랑한 게 아니었다. 그를 인격적으로 좋아하고 사랑했다.

그는 오로지 물만 마셨다. 그의 맑은-갈색 얼굴 피부 사이로 내비치는 피가 정말 진홍색이었다.

그는 정통한 포수이자 낚시꾼이었다. 그는 혼자서 배를 몰았다. 그에게는 배를 만드는 목수한테 선물 받은 멋진 배 한 척이 있었다. 그에게는 그를 사랑하는 사람들한테 선물 받은 새잡이 용의 엽총 몇 자루가 있었다.

그가 그의 다섯 아들과 여러 손자를 데리고 사냥을 나가거나 낚시를 하러 갈 때면, 여러분도 그 일행 중에서 가장 아름답고 활기에 찬 사람으로 그를 꼽을 것이다.

여러분도 오래오래 그와 함께 있고 싶을 것이다. 여러분도 그 배에 오르면 그의 곁에 앉아 둘이 서로 꼭 붙어

있고 싶을 것이다.

4

나는 깨달았다, 내가 좋아하는 이들과 함께 있으면 족하다고,

저녁에 그 나머지 사람들과 어울려 함께 머물면 족하다고,

아름답고, 호기심 많고, 숨 쉬고, 깔깔거리는 육신에 둘러싸여 있으면 족하다고,

그들 사이로 지나가거나 누군가를 만지면, 잠시나마 내 팔로 그의 목이나 그녀의 목을 아주 가볍게 감싸고 쉰다면, 이것이면 되었지 뭘 바라겠는가?

나는 더 이상의 기쁨은 바라지 않는다. 나는 바닷물 속에 있는 듯이 그런 기쁨 속에서 헤엄칠 따름이다.

남자들과 여자들 가까이에 머물며 그들을 바라보고, 그들과 접촉하고 그들의 향기에 젖어 있다 보면, 영혼을 아주 즐겁게 하는 무언가가 있다.

세상 만물이 영혼을 기쁘게 하지만, 이런 경험들은 영혼을 아주 즐겁게 한다.

5

이제 여성의 형체를 소개할 차례다.

성스러운 기운이 그 형체에서 머리부터 발끝까지 발산된다.

여체는 맹렬하고 거절할 수 없는 매력으로 매혹한다.

나는 마치 내가 한낱 무력한 증기에 불과한 듯이 그 숨결에 빨려든다. 나의 몸과 그 몸을 빼고는 모든 것이 와해되고 만다.

책들, 예술, 종교, 시간, 눈에 보이는 단단한 대지, 그리고 천국에 대해 기대했거나 지옥에 대해 두려워했던 모든 것이 금시에 소멸한다.

후끈 달아오른 필라멘트들, 제어할 수 없는 분수가 여체에서 방출된다. 감응도 똑같이 억제할 수 없다.

머리카락, 젖가슴, 궁둥이, 두 다리의 곡선, 무심히 늘어진 손, 모든 것이 분산된다. 나의 몸도 분산되어,

썰물에 이은 밀물에 짜릿짜릿 밀물에 이은 썰물에 짜릿짜릿, 사랑-몸이 부풀어 올라 아주 기분 좋게 욱신거리다가,

뜨겁게 막대하게 분출되는 사랑의 무한한 투명 액체, 사랑의 바들거리는 젤리, 하얗게-피어나는 무아경의 분비액,

사랑의 신랑 밤이 엎드린 여명 속으로 확실하게 부드럽게 몸을 집어넣고,

자발적으로 순종하는 낮으로 들어가서 오르내리다가,

꼭 끌어안는 향긋한 몸의 낮, 그 갈라진 틈에서 정신을 잃고 만다.

이것이 핵이다 — 아이가 여자에게서 탄생한 후에, 남자가 여자에게서 태어난다.

이것이 탄생의 욕조, 이것이 소와 대의 합체요, 또한 배출구다.

부끄러워하지 마라, 여자들이여, 당신들의 특권은 나머지 사람들을 감싸는 동시에, 그 나머지의 출구다.

당신들은 육체의 문들이요, 당신들은 영혼의 문들이다.

여자는 온갖 속성들을 품고 그 속성들을 조합한다.

여자는 자신의 자리를 지키며 완벽한 균형미로 감동시킨다.

여자는 적당히 가려진 모든 것들이요, 여자는 수동적이면서 능동적이다.

여자는 아들들뿐 아니라 딸들도, 딸들뿐 아니라 아들들도 몸에 밴다.

내가 자연에 반영되어있는 나의 영혼을 바라볼 때,

내가 안개 사이로, 이루 형언할 수 없이 완전하고, 온건하고, 아름다운 존재를 바라볼 때,

수그린 머리와 가슴 위에 포갠 두 팔을 바라볼 때, 내가 바라보는 이가 바로 여자다.

6

남자 역시 더하지도 덜하지도 않은 영혼이다. 남자 또한 자신의 자리를 지킨다.

남자 또한 온갖 속성들이다. 남자는 행동이자 힘이다.

알려진 우주의 우쭐한 기운이 남자 안에 들어 있다.

경멸이 남자에게 잘 어울리고, 욕구와 도전도 남자에게 잘 어울린다.

아주 거칠고 호방한 격정들, 극도의 희열, 극도의 슬픔도 남자에게 잘 어울린다. 긍지는 남자를 위한 것이다.

남자의 활짝-편 긍지는 영혼을 진정시키는 빼어난 속성이다.

지식도 남자에게 어울린다. 남자는 언제나 지식을 좋아한다. 남자는 만사를 자기 자신에 비추어 시험한다.

어떤 측량, 어떤 바다 어떤 항해든 남자는 오로지 여기에 준하여 기필코 깊이를 가늠하고 만다.

(남자가 여기 말고 어디의 깊이를 재겠나?)

남자의 몸은 성스럽고 여자의 몸도 성스럽다.

누구의 몸이든, 몸은 성스럽다—노동자 집단에서 가장 야비한 자라고 한들 안 그러겠는가?

이제 막 부두에 내린 침울한 얼굴의 이민자 중 한 명인들 안 그러겠는가?

유복한 사람들과 마찬가지로, 바로 당신과 마찬가지로, 각자가 여기 아니면 어딘가에 속해 있다.

저마다 그의 혹은 그녀의 자리를 지닌 채 행진하고 있다.

(만사가 행진이다.

우주는 질서정연하고 완전한 운동에 입각한 행진이다.)

당신은 당신 자신을 아주 많이 알아서 몹시 뒤떨어진 이를 무식쟁이라고 부르는가?

당신은 당신에게는 멋진 풍경을 누릴 권리가 있고, 그나 그녀에게는 멋진 풍경을 누릴 권리가 없다고 생각하는가?

당신은 물질이 흩어져서 떠다니다가 응집한 끝에, 흙이 겉으로 드러나고, 물이 흘러서 식물이 싹 트는 현상이 오로지 당신만을 위해서요, 그와 그녀를 위해서는 아니라고 생각하는가?

7

한 남자의 몸이 경매에 나왔다.

(전쟁 전에 나는 자주 노예시장에 나가서 경매를 지켜보곤 하기에)

나는 경매인을 돕는다. 그 꾀죄죄한 사람은 자기 일을 너무 모른다.

신사들이 이 기이한 광경을 지켜본다.

입찰자들의 입찰금액이 얼마든 그 몸에 비하면 아무리 높아도 부족하다.

그 몸을 위해 지구가 동물 한 마리 식물 한 포기 없이 수백 경의 세월을 준비하고 있었다.

그 몸을 위해 공전하는 주기들이 충실하게 꾸준히 돌고 돌았다.

저 머릿속에는 아주 불가해한 뇌가 들어 있고,

그 안과 그 밑에는 영웅의 자질들이 깃들어 있다.

이 팔다리를 검사해보라. 불그스름하거나, 거뭇하거나, 하얗거나, 그 모두가 힘줄과 신경으로 정교하게 이루어져 있다.

그것들을 벗겨보면 당신에게도 다 보일 것이다.

예민한 감각들, 생기의 불이 켜진 두 눈, 담력, 결단력,

우락부락한 가슴-근육, 나긋나긋한 척추와 목, 늘어지지 않은 살, 적당한 크기의 팔과 다리들,

그리고 아직 그 안에 들어있는 온갖 경이로운 것들.

그 몸 안에서 피가 흐른다.

똑같이 익숙한 피! 똑같이 붉게-흐르는 피가!

그 안에서 심장이 팽창해서 분출한다. 그 안에서 온갖 열정들, 욕구들, 야망들, 열망들이 샘솟는다.

(당신은 그것들이 응접실과 강의실들에서 표현되지 않기 때문에 거기에 존재하지 않는다고 생각하는가?)

이 몸은 단지 한 남자가 아니다. 이 몸은 훗날 자기 차례가 오면 아버지들이 될 사람들의 아버지다.

그의 몸속에 인구 조밀한 국가들과 부유한 공화국들의 시원이 들어있어서,

그에게서 무수히 구현하고 무한히 향유할 무수한 불멸의 생명들이 나올 것이다.

수 세기가 흘러 그의 자손이 낳을 자손으로부터 어떤 인물이 나올지 당신이 어찌 알겠는가?

(당신이 수 세기를 거슬러 올라갈 수 있다고 치자. 당신의 조상은 과연 어떤 인물이었을까?)

8

한 여자의 몸이 경매에 나왔다.

그녀 또한 그녀 자신만이 아니다. 그녀는 어머니들의 다산하는 어머니다.

그녀는 훗날 장성해서 어머니들의 배우자가 될 사람들의 모태다.

당신은 여자의 몸을 사랑해보았는가?

당신은 남자의 몸을 사랑해보았는가?

이 몸들은 지구상에 있는 모든 나라와 모든 시대를 막론하고 다 똑같다는 것을 당신은 모르는가?

어떤 것이 성스럽다면 성스러운 것은 바로 인간의 몸이다.

사람의 자랑스럽고 향긋한 몸은 때 묻지 않은 사람다움의 증표다.

그래서 남자에게나 여자에게나, 청결하고, 강하고, 튼튼한 섬유질의 몸이 아주 아름다운 얼굴보다 더 아름답다.

당신은 자신의 살아있는 몸을 더럽힌 바보 남자를 본 적이 있는가? 또 자신의 살아있는 몸을 더럽힌 바보 여자를 본 적이 있는가?

그들은 자신의 몸을 숨기지 않고, 또 자신들을 숨기지 못하기 때문이다.

9

오 나의 몸이여! 나는 다른 남녀들과 비슷하게 생긴 너의 모습들도, 비슷하게 생긴 너의 기관들도 함부로 저버리지 않는다.

나는 너의 그런 모습들이 영혼의 비슷한 모습들과 함께 우뚝 서거나 무너진다고 믿는다. (그래서 그 모습들이 바로 영혼이다.)

나는 너의 그런 모습들이 나의 시들과 함께 우뚝 서거나 무너진다고 믿는다. 그래서 그 모습들이 바로 나의 시들이다.

남자의 시들, 여자의 시들, 아이의 시들, 청년의 시들, 아내의 시들, 남편의 시들, 어머니의 시들, 아버지의 시들, 젊은 남자의 시들, 젊은 여자의 시들,

머리, 목, 머리칼, 두 귀, 두 귀의 귓불과 고막,

두 눈, 두 눈-테두리, 눈의 홍채, 눈썹들, 그리고 깨어 있거나 잠들어 있는 눈꺼풀들,

입, 혀, 양 입술, 이, 입천장, 턱, 그리고 턱관절들,

코, 양 콧구멍과 격막,

양 볼, 관자놀이, 이마, 턱 끝, 목구멍, 목의 뒷덜미, 목-회전,

굳센 양어깨, 남자다운 수염, 어깨뼈, 어깨-죽지들과 흉곽의 널찍한 측면-만곡부,

위-팔, 겨드랑이, 팔꿈치-와, 아래-팔, 팔-근육들, 팔-뼈들,

손목과 손목-관절들, 손, 손바닥, 손가락 마디들, 엄지, 집게손가락, 손가락-관절들, 손톱들,

널찍한 가슴-앞면, 가슴의 곱슬곱슬한 털, 가슴-뼈, 가슴-측면,

갈비뼈들, 배, 척추, 척추의 관절들,

양 엉덩이, 고관절들, 엉덩이-내구력, 안팎의 넓적다리살, 남자-불알들, 남자-음경,

상체를 잘 떠받치고 다니는 튼실한 모습의 양 넓적다리,

다리-섬유들, 무릎, 슬개골, 윗다리, 아랫다리,

양 발목, 발등, 발-볼, 발가락들, 발가락-관절들, 뒤꿈치.

나의 몸이든 당신의 몸이든 그 누구의 몸이든, 남자나 여자나, 모든 몸의 모든 자세, 모든 맵시, 모든 부속물들,

스펀지 같은 폐, 주머니 같은 위, 향긋하고 깨끗한 창자들,

두개골 안에 주름 잡혀 있는 뇌,

교감 신경들, 심장-판막들, 구개-판들, 성욕, 모성,

여성성과 여자의 모든 것, 그리고 여자에게서 나오는 남자,

자궁, 유방, 젖꼭지들, 모유, 눈물들, 웃음, 우는 모습, 사랑-표정들, 사랑에 괴로워하는 모습들과 들뜨는 모습들,

목소리, 발음, 언어, 속삭임, 크게 외치는 소리,

음식, 음료, 맥박, 소화, 땀, 잠, 산책, 수영,

엉덩이로 균형 잡기, 뛰기, 기대기, 포옹하기, 팔을 구부렸다 펴기,

오그라드는 입과, 두 눈 주변의 지속적인 변화들,

피부, 볕에 탄 기미, 반점들, 솜털,

손으로 알몸의 살을 만지고 있을 때 느껴지는 묘한 동질감,

순환하는 강물 같은 숨결, 그리고 들이쉬는 숨과 내쉬는 숨,

허리의 아름다움, 그래서 아름다운 엉덩이, 또 그래서 양 무릎 방향으로 떨어지는 아름다운 몸매,

당신 안에 또 내 안에 들어있는 가느다란 붉은 젤리들, 뼈들과 뼛속에 들어있는 골수,

건강의 절미한 실체,

오 나는 이것들이 몸뿐 아니라 영혼의 부위들이자 시들이라고 단언한다.

오 나는 이제 이것들이 영혼이라고 단언한다!

응답자의 노래

Song Of The Answerer

1

자 나의 아침 로맨스를 들어보라. 나는 응답자의 표식들을 이야기한다.

내 앞의 햇빛 속에 퍼져 있는 도시들과 농장들에게 나는 노래한다.

한 젊은이가 자신의 형한테서 온 전갈을 들고 나를 찾아온다.

그 젊은이가 자기 형의 안부와 사정을 어떻게 알게 될까?

응답자에게 표식들을 나에게 보내달라고 말하라.

그러면 나는 그 젊은이의 얼굴을 마주 보고 서서, 그의 오른손을 나의 왼손으로 잡고 그의 왼손을 나의 오른손으로 잡는다.

그리고 나는 그의 형과 사람들을 대신해서 응답하고, 나는 모두에게 응답하는 그분을 대신해서 응답하고, 그 표식들을 보낸다.

그를 모두가 기다린다. 그에게 모두가 맡긴다. 그의 말은 결정적이고 최종적이다.

그를 모두가 받아들인다. 그의 안에서 씻는다. 그의 안에서 마치 빛 속에 있는 것 같은 자신을 깨닫는다.

아름다운 여자들, 아주 거만한 나라들, 법들, 풍경, 사람들, 동물들,

심원한 대지와 대지의 속성들과 동요하는 대양, (그렇게 나는 아침 로맨스를 이야기한다)

온갖 흥밋거리들과 소유물들과 돈, 그리고 돈으로 사는 모든 것,

최고의 농장들, 힘들게 일하며 가꾸는 사람들과 불가피하게 거두는 사람,

아주 웅장하고 호사로운 도시들, 경사를 완만하게 다져서 건물을 짓는 사람들과 거기서 거주하는 사람,

모든 것이 어떤 누구를 위해서가 아니라 그 사람을 위해 있다. 가까이도 멀리도 그를 위해 있다. 앞바다에 있는 배들,

육지에서 끊임없이 계속되는 구경거리들과 행진들도 누군가를 위해 있다면 바로 그를 위해 있다.

그는 사물들을 각각의 속성들 속에 집어넣는다.

그는 형성력과 사랑으로 자신의 오늘을 내놓는다.

그는 자신만의 시간들, 추억들, 부모들, 형제들과 자매들, 단체들, 직장, 정책들을 정해 두기 때문에, 다른 사람들이 이후에 절대로 그것들을 부끄러워하지 않으며, 함부로 그것들을 장악하려 들지도 않는다.

그는 응답자다.

응답 될 수 있는 것을 그는 응답하고, 응답 될 수 없는 것은 어째서 그것이 응답 될 수 없는지를 보여준다.

사람이란 일종의 소환이자 도전이다.

(몰래 숨어봐야 소용없다 — 당신한테도 저 조롱하는 소리와 웃음소리가 들리는가? 당신한테도 그 빈정거리는 메아리들이 들리는가?)

책들, 우정들, 철학자들, 사제들, 행동, 기쁨, 긍지가 이리저리 뛰어다니며 만족을 주려고 노력한다.

그는 그 만족을 가리키고, 열거한 것들에게 또 이리저리 뛰어다니라고 지시한다.

어떤 성별이든, 어떤 계절 혹은 장소든, 그는 낮이나 밤이나 생생하게 평온하게 안전하게 갈 수 있다.

그는 가슴들을 여는 열쇠를 지니고 있어서, 그 문의 손잡이에 손을 얹고 움직이면 그에게 응답한다.

그의 환대는 보편적이다. 유려하게 아름다운 풍경도 그의 환대에 비하면 덜 반갑고 덜 보편적이다.

그가 낮에 아껴주거나 밤에 함께 자는 사람은 축복받는다.

모든 존재는 고유의 어법을 품고 있다. 모든 사물은 특정한 어법과 언어를 지니고 있다.

그는 모든 언어를 용해해서 자기만의 언어를 만들고 그 언어를 사람에게 바친다. 그러면 어떤 사람은 번역하고, 어떤 사람은 그 자신 또한 번역한다.

한 부분이 다른 부분에 대응하지는 않는다. 그는 연결하는 사람이다. 그는 그 부분들이 결합하는 방식을 알고 있다.

그는 접견실의 대통령에게도 무심하게 똑같이 말한다. *친구 어떻게 지내나?*

그리고 그는 사탕수수밭에서 괭이질하는 커지[1]에게도 말한다. *나의 형제여 좋은 날 되시게.*

그러면 둘 다 그를 이해하고 그의 말이 옳다는 것을 안다.

그는 국회 의사당에서 아주 편안하게 걷는다.

그가 의원들 사이로 걸어가면, 한 의원이 다른 의원에게 말한다. *우리와 동등한 새 의원이 등장하셨군.*

그리고 정비공들은 그를 정비공이라고 생각하고,

군인들은 그를 군인으로 여기고, 선원들은 그가 선원이 되었다고 생각하고,

작가들은 그를 작가라고, 예술가들은 예술가라고 생각하고,

노동자들은 그가 그들과 함께 일하며 그들을 사랑할 수 있다고 여긴다.

무슨 일이든, 그는 그 일을 하거나 그 일을 해온 사람이라고,

어떤 나라에서든, 그는 거기서 자신의 형제들과 자매들을 찾을 수 있으리라고 여긴다.

영국인들은 그가 자기네 영국인의 혈통이라고 믿는다.

1 "커지"는 당시 흑인 농장 노동자들의 흔한 이름 중 하나.

유대인에게는 그가 유대인처럼 보인다. 러시아인에게는, 딱히 다른 것이 없는, 평범하고 친숙한 러시아인처럼 보인다.

여행자들의 커피-매점에서 그가 바라보면 누구든 그를 안다고 주장한다.

이탈리아인이든 프랑스인이든 확신한다. 독일인도 확신한다. 스페인 사람도 확신하고, 섬나라 쿠바 사람도 확신한다.

커다란 호수들, 혹은 미시시피나 세인트로렌스나 새크라멘토강, 아니면 허드슨강이나 포마노크[2] 하구에서 일하는 기술자, 갑판원도 그를 안다고 주장한다.

완벽한 혈통의 신사가 그의 완벽한 혈통을 인정한다.

무례한 사람, 창녀, 성난 사람, 거지가 그의 행동거지에서 각자의 모습을 알아본다. 그는 그 모습들을 낯설게 변형시킨다.

그들은 더 이상 상스럽지 않다. 그들은 자신들이 그렇게 변한 것을 거의 알아차리지 못한다.

2 "포마노크"는 아메리카 원주민들(인디언)이 '롱아일랜드'를 지칭한 이름으로, '공물을 바치는 섬'이라는 뜻이다. 식민지 시대에 롱아일랜드 주민들이 자신들을 공격하지 않겠다는 조건으로 인디언들에게 그 대가를 지급한 데서 유래하였다.

2

시간의 암시들과 기록,

온전한 정신이 철학자들에 에워싸인 스승을 보여준다.

시간은, 언제나 끊임없이, 분리되어 자신을 가리킨다.

시인이 언제나 가리키는 것은 즐거운 가수들의 무리와 그들의 말들이다.

가수들의 말들은 빛 아니면 어둠의 시간들 혹은 분들이다. 그러나 시를 짓는 사람의 말들은 일반적인 빛이자 어둠이다.

시를 짓는 사람은 정의, 실재, 불멸을 결정한다.

그의 통찰력과 힘은 사물들과 인류를 둘러싼다.

그는 지금까지 사물들과 인류의 영광이요 정제다.

가수들은 잉태하지 않는다. 오로지 시인만 잉태한다.

가수들은 환영받고, 양해받고, 충분히 자주 나타난다. 그러나 시를 짓는 사람, 응답자가 탄생하는 날은, 그 장소와 마찬가지로, 매우 드물었다.

(응답자의 모든 이름들에도 불구하고, 1세기마다 아니면 5세기마다 그런 날이 있었던 것은 아니다.)

수 세기의 잇따른 시간들이 배출한 가수들에게도 표면

상의 이름들이 있을 수 있다. 그러나 그들이 지닌 각각의 이름은 가수들의 한 부류에 지나지 않는다.

그 각각의 이름이 눈-가수, 귀-가수, 머리-가수, 쾌락-가수, 밤-가수, 응접실-가수, 사랑-가수, 운명-가수 따위의 이름이다.

이 시간 내내 그리고 모든 시대에 참된 시어들은 기다린다.

참된 시어들은 단순히 기쁨만 주지 않는다.

참된 시인들은 미의 추종자들이 아니라 미의 당당한 주인들이다.

자식들의 위대함은 어머니들과 아버지들의 위대함을 발산하는 것이다.

참된 시어들은 학문의 떨기이자 최종 박수갈채다.

성스러운 본능, 상상의 폭, 이성의 법칙, 건강, 몸의 투박함, 수줍음,

흥겨움, 볕에 그을린 모습, 공기처럼 달콤한 맛, 이런 것들이 시어들의 일부다.

뱃사람과 여행자가 시를 짓는 사람, 응답자 속에 잠재해 있다.

건축가, 기하학자, 화학자, 해부학자, 골상학자, 예술가, 이런 모든 사람이 시를 짓는 사람, 응답자 속에 잠재해 있다.

참된 시어들은 당신에게 시 이상의 것들을 준다.

그 시어들은 당신에게 시들, 종교들, 정치, 전쟁, 평화, 행동, 역사들, 수필들, 일상생활과 그 밖의 모든 것을 당신 스스로 만들게 한다.

그 시어들은 계급들, 색깔들, 인종들, 교리들과 성별을 균형 있게 조정한다.

그 시어들은 아름다움을 추구하지 않는다. 그 시어들은 발견된다.

그 시어들을 끊임없이 어루만지거나 그 시어들에 꼭 붙어 있으면 아름다움, 갈망이, 흔쾌하게, 사랑의 열병에 걸려서, 따라온다.

시어들은 죽음을 각오하고 있으나, 시어들은 그런 끝이 아니라, 오히려 시작이다.

시어들은 그 누구도 그의 혹은 그녀의 목적지까지 데려다주지 않으며 만족하고 충만한 상태에 이르게 하지도 않는다.

그 시어들이 누군가를 데려간다면 그 혹은 그녀를 우주로 데려가서 별들의 탄생을 바라보며, 숱한 의미들 중에서 하나라도 배우라고 그러는 것이다.

절대적인 믿음을 가지고 출발해서, 그 끊임없는 고리들을 휩쓸고 다니며 다시는 조용히 지내지 않게 하려고 그러는 것이다.

지금 활기차고

Full of Life Now

지금 활기차고, 다부지고, 눈에 보이는
내가, 마흔 살 합중국 여든세 번째 해에,
지금부터 일세기 후 혹은 지금부터 수 세기 후의 사람에게,
아직 태어나지 않은 당신에게 이 시들을 남기며, 당신에게 청한다.

당신이 이 시들을 읽을 때는 눈에 보였던 내가 보이지 않게 될 것이다.
이제 다부지고, 눈에 보이는, 바로 당신이 나의 시들을 실현하고, 나에게 청하고,
내가 당신과 함께 있어서 당신의 동무가 될 수 있다면 당신이 얼마나 행복할까 상상해볼 차례다.
마치 내가 당신과 함께 있는 듯이 살아라. (미심쩍겠지만 나는 지금 당신과 함께 있다.)

누가 나의 가르침을 완전하게 배울까?

Who Learns My Lesson Complete?

누가 나의 가르침을 완전하게 배울까?

사장, 숙련공, 견습생, 성직자와 무신론자,

둔한 사람과 현명한 사상가, 부모와 자식, 상인, 점원, 짐꾼과 고객,

편집자, 작가, 예술가와 학생 — 가까이 다가와서 시작하라.

그것은 교훈이 아니다. 그것은 빗장들을 내려서 좋은 교훈에 이르게 한다.

그리고 그 교훈이 다른 교훈으로, 모든 교훈이 또 다른 교훈으로 계속 이어지게 한다.

위대한 법칙들은 논쟁 없이 생겨나서 발산한다.

나는 그런 법칙들의 친구이기에, 나도 같은 방식의 소유자다.

나는 그런 법칙들을 거리낌 없이 호방하게 사랑한다. 나는 주저하지 않고 경의를 표한다.

나는 넋 놓고 누워서 사물들과 사물들의 이치들에 대한 아름다운 이야기들을 듣는다.

그 이야기들이 너무나 아름다워서 나는 나의 몸을 슬쩍 찔러서 듣게 한다.

나는 내가 듣는 것을 그 누구에게도 말해 줄 수 없다 — 나는 그것을 나 자신에게도 말해 줄 수 없다 — 그것은 매우 경이롭다.

그것은 작은 문제가 아니다. 이 둥글둥글하고 아주 즐거운 지구는 자신의 궤도에서 아주 정확하게 영구히 영원히 움직이고 있다, 단 한 번의 덜컹거림이나 단 1초의 일탈도 없이.

나는 지구가 6일 만에, 아니면 1만 년 만에, 아니면 100억 년 만에 만들어졌다고 생각하지 않는다.

마치 건축가가 집을 설계하고 짓듯이 만물이 설계되어 차례로 만들어졌다고 생각하지도 않는다.

나는 70년이 남자 혹은 여자의 시간이라고 생각하지 않는다.

7천만 년이 남자와 여자의 시간이라고 생각하지도 않는다.

세월이 나, 혹은 다른 사람의 존재를 정지시킬 것이라고 생각하지도 않는다.

내가 불멸하리라는 것이 놀라운 일인가? 모든 사람이 똑같이 불멸이다.

나도 그것이 경이롭다는 것을 안다. 그러나 나의 시력도 똑같이 경이롭고, 내가 내 어머니의 자궁 속에 잉태되었던 과정도 똑같이 경이롭다.

그리하여 두 번의 여름과 겨울 동안 무아지경으로 기어 다니던 아기가 또렷하게 말을 하고 걷게 되기까지의 과정 — 이 모두가 똑같이 경이롭다.

그리고 나의 영혼이 이 시간에 당신을 포옹하고, 우리가 서로 본 적도 없고, 어쩌면 결코 서로 만나지 못하더라도, 서로에게 영향을 미친다는 것도 모두 똑같이 경이롭다.

그리고 내가 그런 생각들을 이렇게 생각할 수 있다는 것도 똑같이 경이롭고,

내가 당신에게 상기시킬 수 있고, 당신이 그런 생각들을 생각하고 그 생각들이 옳다고 깨닫는 것도 똑같이 경이롭다.

그리고 달이 지구를 돌고 지구와 함께 계속 돈다는 것도 똑같이 경이롭고,

그 둘이 태양과 별들과 함께 균형을 유지한다는 것도 똑같이 경이롭다.

지금 손으로 나를 붙잡는 당신이 누구든

Whoever You Are Holding Me Now In Hand

지금 손으로 나를 붙잡는 당신이 누구든,

한 가지가 없다면 다 소용없을 것이다.

당신이 나에게 더 애를 쓰기 전에 내가 당신에게 공평한 경고를 한다.

나는 당신이 상상했던 것과는, 전혀 다른 사람이다.

누가 나의 추종자가 되고 싶어 할까?

누가 나의 애정들을 지지하는 자원자로 나서 서명하고 싶을까?

방법이 의심스럽고, 결과도 불확실하고, 어쩌면 파괴적일 수도 있다.

당신은 다른 모든 것을 포기해야 할 것이다. 나는 단독으로 당신의 유일하고 독점적인 기준이 되기를 기대할 것이다.

설령 그런다고 하더라도 당신의 수련 기간은 길고 고단할 것이다.

당신의 삶에 대한 모든 과거 이론과 주변의 삶들에 순응하는 습성도 모두 버려야 할 것이다.

그러니 당신 자신을 더 괴롭히기 전에 지금 나를 놓아라, 나의 양어깨에서 당신의 손을 떼라.

나를 내려놓고 당신의 길을 떠나라.

아니면 몰래 어느 나무,

혹은 야외의 어느 바위 뒤에 숨겨놓아라,

(지붕에 덮인 어느 집 어떤 방에서도 나는 나오지 않고, 사람들 앞에 나서지도 않고,

서재에서 나는 벙어리, 얼간이, 아니면 아직 태어나지 않았거나, 죽은 듯이 누워있을 테니.)

그러나 어쩌면 어느 높은 언덕에서 당신과 함께, 누가 몰래 다가오지 않도록 제일 먼저 주변의 수 마일을 주시하거나,

어쩌면 당신과 함께 바다에서 항해하거나, 아니면 바다의 해변이나 어느 조용한 섬에 있을지도 모른다.

이런 데서는 당신의 입술을 내 입술에 대도록 나는 허락할 것이다.

동무의 길게-끄는 입맞춤이나 새로운 남편의 입맞춤으로,

나는 그 새로운 남편이요 나는 그 동무일 것이기에.

또 당신이 원한다면, 나를 당신의 옷 밑에 쑤셔 넣어,

그 안에서 내가 고동치는 당신의 심장을 느끼거나 당신의 엉덩이를 베고 쉴 수 있게 두고,

당신이 육지나 바다 위로 나아갈 때 나를 데려가라.

그렇게 그저 당신을 만지는 것만으로 충분하고, 아주 행복할 테니,

그렇게 당신을 만지며 나는 조용히 잠들어 영원히 안겨 다니고 싶으니.

그러나 이 낱장들이 진로를 지휘하다가 위험에 처하면 당신을 속일 것이다.

이 낱장들과 나를 당신은 이해하지 못할 것이기에,

그것들이 처음에는 당신을 피하다가 나중에는 더욱 그럴 것이기에, 나도 틀림없이 당신을 피할 것이기에,

당신이 의심의 여지가 없이 나를 붙잡았다고 생각하는 동안에도, 보라!

벌써 내가 당신한테서 도망쳐버렸다는 것을 당신은 알게 될 테니.

내가 이 책을 쓴 것은 내가 그 안에 적어놓은 무언가를 위해서가 아니기 때문에,

당신이 그것을 읽는다고 해도 당신은 그것을 얻지 못

할 것이요,

나를 숭배하고 자랑스럽게 나를 칭찬하는 사람들도 나를 잘 알지 못할 것이며,

나의 사랑을 지지하는 사람들도 (아주 극소수가 아니라고 해도) 승리하지 못할 것이요,

나의 시들도 선한 영향뿐 아니라, 똑같이 많은 악영향, 어쩌면 더 많은 악영향을 미칠 것이다.

당신이 여러 번이나 추측하고도 생각해내지 못한 것, 내가 암시했던 그것이 없다면 다 소용없기 때문이다.

그러니 나를 놓아주고 당신의 길을 떠나라.

우리 둘, 너무나 오랫동안 우리는 속고 살았다

We Two, How Long We Were Fool'd

우리 둘, 너무나 오랫동안 우리는 속고 살았다.

이제야 변신한, 우리는 마치 자연이 달아나듯 잽싸게 달아난다.

우리는 자연이다. 오랫동안 우리는 거기에 없었다. 그러나 이제 우리는 돌아간다.

우리는 식물들, 나무의 몸통, 이파리, 뿌리, 나무껍질이 된다.

우리는 땅에 단단히 박혀 있다. 우리는 바위들이다.

우리는 떡갈나무들이다. 우리는 숲속 빈터들에서 나란히 자란다.

우리는 둘러본다. 우리는 자연스러운 모든 야생의 무리에 끼어있는 둘이다.

우리는 바다에서 함께 헤엄치는 두 물고기다.

우리는 아카시아꽃들이다. 우리는 아침저녁으로 오솔길 주변에 향기를 퍼뜨린다.

우리는 또한 짐승들, 식물들, 광물들의 굵은 버팀목이다.

우리는 두 마리의 포식자 매다. 우리는 드높이 날아올

라 내려다본다.

우리는 두 개의 눈부시게 빛나는 태양이다. 둥그스름한 별 같은 우리 자신의 균형을 유지하는 것은 바로 우리다. 우리는 두 혜성처럼 존재한다.

우리는 송곳니를 지닌 네발짐승들로, 숲속에서 서성거린다. 우리는 먹잇감에 달려든다.

우리는 오전과 오후에 머리 위로 몰려가는 두 구름이다.

우리는 뒤섞이는 바다들이다. 우리는 서로의 몸을 타고 출렁거리며 서로의 몸을 흠뻑 적시는 저 즐거운 두 파도다.

우리는 투명하고, 수용하고, 침투시키고, 침투시키지 않는, 공기의 모든 속성이다.

우리는 눈, 비, 추위, 어둠이다. 우리 각자는 지구의 산물이자 작용이다.

우리는 내내 돌고 돌다가 마침내 다시 집에 도착하였다. 우리 둘,

우리는 자유만 남기고 모두 비웠고 우리 자신의 기쁨만 남기고 모두 비워버렸다.

함께 가자!
길이 우리 앞에 있다!

내가 고르면 어디로든 인도하는 내 앞에 길게 뻗은 갈색의 길로.

코스모스

Kosmos[1]

코스모스는 다양성을 품고 있는 자연이다.

코스모스는 대지의 넉넉함이요, 대지의 거칠음이자 대지의 관능이요, 대지의 큰 자애요, 또한 평정심이다.

그 눈들은 창들을 허투루 내다본 적이 없고, 그 뇌가 유전인자들을 허투루 심리한 적도 없다.

코스모스는 신자들과 불신자들을 포용한다. 코스모스는 가장 위풍당당한 연인이다.

코스모스는 남성이나 여성의 사실주의, 정신주의와 심미주의 혹은 주지주의의, 삼위일체 균형을 적절하게 유지한다.

코스모스는 몸을 세세히 살펴본 다음에 그 기관들과 기능들이 다 좋다고 선언한다.

코스모스는, 대지와 남체 혹은 여체의 원리에 입각하여 정교한 유추로 모든 다른 원리들을 이해한다,

어떤 도시, 어떤 시詩에 관한 원리도, 이 합중국의 큰 정

---

1 "코스모스"는 '정연한 질서로서의 세계 혹은 우주'를 나타내는 그리스어. 그 반대를 뜻하는 "카오스"는 '세계 혹은 우주가 생성되기 이전의 혼돈'을 가리킨다.

치에 관한 원리도.

코스모스는 해와 달을 동반하고 있는 우리의 지구뿐만 아니라, 저마다 각자의 해와 달을 동반하고 있는 다른 천체들도 믿는다.

코스모스는, 하루 동안이 아니라 영구히, 남성 혹은 여성의 집을 짓고, 종족들, 시대들, 시기들, 세대들,

과거, 미래를 살피면서, 서로 떼어낼 수 없는, 공간 같은, 그곳에서 살고 있다.[2]

2 이상의 번역에서 '남성, 여성, 남체, 여체' 등의 표현은 원문의 "그의 혹은 그녀의"를, 우주의 양과 음(남성성과 여성성, 양음의 조화)을 염두에 두고 옮긴 것이다. 이런 관점에서 보면, 이 지구뿐 아니라, 온 우주가 '한 마을'로, 이 지구 마을에 한정해서 보더라도, 물속의 물고기 남녀, 하늘의 새 남녀, 땅의 인간 남녀, 나무 남녀, 개미 남녀 등 무수하게 다양한 남녀가 공생공존하고 있다고 생각해볼 수 있겠다.

열린 길의 노래

Song Of The Open Road

1

걸어서 가벼운-마음으로 나는 열린 길로 간다,

건강하게, 자유롭게, 내 앞에 있는 세상,

내가 고르면 어디로든 인도하는 내 앞에 길게 뻗은 갈색의 길로.

이제부터 나는 행운을 바라지 않을 것이다. 나 자신이 행운이다.

이제부터 나는 더 이상 훌쩍거리지 않고, 더 이상 미루지도 않고, 아무것도 요구하지 않을 것이다.

실내의 불평불만, 도서관들, 성마른 비판들도 다 버렸다.

강인하되 마음 편히 나는 열린 길을 여행한다.

지구, 그것이면 충분하다.

나는 성좌들이 조금이라도 가까워지기를 바라지 않는다.

나도 그 성좌들이 각자의 자리에 아주 잘 있다는 것을 알고 있다.

나도 그 성좌들이 각 성좌에 속한 별들에게 충분하다는 것을 알고 있다.

(변함없이 여기에서 나는 나의 친근하고 향긋한 짐들을 지니고 다닌다.

나는 그 짐들, 남자들과 여자들을 품고 다닌다. 내가 어디를 가든 나는 그들을 내 몸에 품고 다닌다.

내가 그들을 떼어내는 일은 맹세코 없을 것이다.

내가 그들로 가득 차 있기에, 나는 보답으로 그들을 채워줄 것이다.)

2

너, 길에 나는 들어서서 둘러본다. 여기에 있는 네가 전부는 아니라고 나는 믿는다.

보이지 않는 많은 것들이 또한 여기에 있다고 나는 믿는다.

여기에는 선호도 아니요, 거부도 아닌, 수용의 심오한

교훈이 있다.

양모처럼 텁수룩한 머리의 흑인, 흉악범, 병자, 글을 모르는 사람도 거부당하지 않는다.

출생, 다급한 의사 호출, 거지의 발소리, 술꾼의 비틀거림, 정비공들의 커다란 웃음판,

도망쳤던 젊은이, 부유한 사람의 마차, 멋쟁이, 눈이 맞아서 달아나는 남녀,

일찍 나온 시장-상인, 영구차, 읍내로 옮겨지는 가구, 읍에서 다시 들어오는 이삿짐,

모두가 지나간다. 나 역시 지나간다. 어떤 것이든 지나간다. 그 무엇도 방해받지 않는다.

받아들여지지 않는 것은 아무것도 없다. 나에게 소중하지 않은 것은 아무것도 없을 것이다.

3

나에게 숨을 불어넣어 말을 하게 만드는 너, 공기여!

널리 퍼져서 나의 의미들을 일깨우고 그 의미들에 형태를 부여하는 너희 물체들이여!

나와 모든 사물을 은은하고 온화한 빛-소나기로 감싸는 너, 빛이여!

길가의 울퉁불퉁 패어서 닳고 닳은 너희 길들이여!

나는 너희가 보이지 않는 존재들과 함께 잠복해 있다고 믿는다. 너희는 나에게 아주 소중하다.

너희 도시들의 판석 깔린 산책로들! 너희 가장자리들에 놓인 강력한 갓돌들!

너희 연락선들! 너희 부두들의 널빤지 지지대들과 기둥들! 너희 목재를 댄 현측들! 너희 멀리 있는 배들!

너희 줄지어 있는 집들! 너희 창-뚫린 정면들! 너희 지붕들!

너희 현관들과 입구들! 너희 갓돌들과 강철 난간들!

아주 많은 것을 노출하는 너희 투명한 뼈대의 창문들!

너희 문들과 올라가는 계단들! 너희 아치들!

너희 한없이 이어진 도로들의 잿빛 포석들! 너희 붐비는 건널목들!

그동안 너희와 접촉한 모든 것으로부터 너희가 물려받은 것들을, 이제 나에게 은밀히 전해줄 것이라고 나는 믿는다.

살아있는 것들과 죽은 것들 덕에 너희가 너희의 무감한 지면들을 가득 채웠기에, 그 참뜻들이 나에게 분명하고 원만하게 와 닿으리라.

4

오른쪽과 왼쪽으로 팽창하는 대지,

그 살아있는 그림, 최고의 빛에 싸여 있는 모든 구역,

필요한 곳에서 새어 나오고, 필요하지 않은 곳에서 그치는 음악,

공공도로의 즐거운 목소리, 도로의 명랑하고 상쾌한 기운.

내가 여행하는 오 도로여, 네가 나에게 *나를 떠나지 말라*고 말하는 것이냐?

무턱대고 가지 마라 — 네가 나를 떠나면 너는 길을 잃을 것이다, 그리 말하는 것이냐?

*나는 이미 준비되어 있다. 나는 잘-다져지고 거부하지도 않으니, 나를 따라가라*고 말하는 것이냐?

오 공공도로여, 내가 대답해 주마, 나는 너를 떠나는 게 두렵지 않다. 하지만 나는 너를 사랑한다.

내가 나를 표현할 수 있는 이상으로 네가 나를 잘 표현하나니,

앞으로도 너는 나에게 나의 시보다 더 소중할 테니.

나는 영웅적인 행동들은 모두 집 밖에서 생겨났고, 모

든 자유로운 시들도 마찬가지라고 생각한다.

나는 내가 여기서 발길을 멈추어도 많은 기적을 이룰 수 있다고 생각한다.

나는 길을 가다가 만나는 모든 것을 좋아할 것이며, 나를 바라보는 모두가 나를 좋아하리라고 생각한다.

나는 내가 보는 모든 이가 꼭 행복해야 한다고 생각한다.

5

이 시간부터 나는 나 자신에게 한계들과 상상의 선들에서 풀려나,

내가 열거하는 곳으로 가서, 나 자신의 완전하고 절대적인 주인인

타자들의 말에 귀를 기울이고, 그들이 하는 말들을 사려하고,

멈추어, 모색하고, 받아들이고, 심사숙고해서,

천천히, 그러나 부인할 수 없는 의지로, 나를 붙잡으려는 손아귀들에서 스스로 벗어나라고 명령한다.

나는 우주의 위대한 기운들을 들이마신다.

동쪽과 서쪽은 나의 것이요, 북쪽과 남쪽 역시 나의 것이다.

나는 내가 생각했던 것보다 더 크고, 더 훌륭하다.

나는 내가 그렇게 많은 장점을 품고 있는 줄 몰랐다.

만물이 나에게는 아름답게 보인다.

나는 남자들과 여자들에게 반복할 수 있다, 당신들은 나에게 너무 잘해 주었다, 나도 당신들에게 똑같이 잘해 줄 것이다.

나는 가는 길에 나 자신과 당신들의 원기를 북돋아 줄 것이다.

나는 가는 길에 남자들과 여자들 사이에 나 자신을 흩뿌릴 것이다.

나는 그들에게 새로운 기쁨과 거친 기운을 걸러서 퍼뜨릴 것이다.

누가 나를 거부하든 그런다고 나를 괴롭히지는 못할 것이다.

누가 나를 받아들이든 남자도 여자도 축복받고 나를 축복해 줄 것이다.

6

이제 1,000명의 완벽한 남자들이 나타나더라도 나를 놀라게 하지 못할 것이다.

이제 1,000명의 아름다운 여체들이 나타나더라도 나를 깜짝 놀라게 하지 못할 것이다.

이제 나는 최고의 인물들을 만드는 비결을 안다.

그것은 야외에서 자라며 대지와 함께 먹고 자는 것이다.

여기에는 위대한 개인적 행위의 여지가 숨어 있다.

(그런 행동은 모든 인종의 마음들을 사로잡는다.

그 힘차고 집요한 행위가 분출하면 법을 압도하고 그 행위에 맞서는 모든 권위와 모든 논쟁을 조롱한다.)

여기에는 지혜의 시금석이 있다.

지혜는 학교들에서 최종적으로 시험을 치러서 얻어지는 것이 아니다.

지혜는 그것을 지닌 자로부터 그것을 지니지 않은 자에게 전달될 수 없다.

지혜는 영혼을 지니고 있다. 증거에 영향을 받지 않는다. 그 자체가 증거로,

모든 단계와 대상들과 특질들에 적용되며 자족한다.

만물의 실재와 불멸성에 대한 확신이요, 만물의 탁월성이다.

눈에 보이는 부유하는 사물들 속에는 자극하면 영혼 밖으로 나오는 무언가가 들어 있다.

이제 나는 철학들과 종교들을 다시-검토한다.

그것들이 강의실 안에서는 잘 증명할 수도 있다. 그러나 드넓은 구름 밑에서나 풍경과 흐르는 물결 곁에서는 전혀 증명할 수 없다.

여기에는 깨달음이 있다.

여기에는 기록된 인물이 있다 — 그는 여기서 그의 안에 무엇을 품고 있는지를 깨닫는다

과거, 미래, 위엄, 사랑 — 그것들에 당신이 들어 있지 않다면, 당신한테도 그것들이 들어 있지 않은 것이다.

오로지 모든 물체의 알맹이만이 자양분을 공급한다.

당신과 나를 위해 그 겉껍질들을 찢어서 벗겨 줄 사람은 어디에 있을까?

당신과 나를 위해 술수들과 겉싸개들을 풀어줄 사람은 어디에 있을까?

여기에는 유착이 있다. 그것은 미리 형성되어 있지 않고, 적기에 나타난다.

당신은 낯선 사람들에게 사랑받는 사람으로 통하는 기분이 뭔지 아는가?

당신은 그 돌아다보는 눈-알들의 이야기를 아는가?

7

여기에는 영혼의 발산이 있다.

영혼의 발산은 끊임없이 질문들을 부추기는, 내면의 우거진 나무 그늘에 둘러싸인 문들을 통해 나온다.

이런 갈망들은 왜 있을까? 그 어둠 속의 이런 생각들은 왜 있을까?

왜 남자들과 여자들이 있어서 그들이 내 곁에 있는 사이에 햇살이 나의 피를 팽창시키는 것일까?

그들이 나를 떠나버리면 왜 내 기쁨의 깃발들이 납작하고 홀쭉하게 처지고 말까?

왜 내가 한 번도 걸어보지 않았는데도 밑으로 지나가면 풍성한 음악 같은 생각들을 나에게 떨어뜨리는 나무들이 있는 걸까?

(그런 생각들이 겨울에도 여름에도 그 나무들에 달려 있다가 내가 지나갈 때마다 열매를 떨어뜨리는 것 같다.)

뭣 때문에 내가 낯선 사람들과 너무나 갑작스럽게 교류하는 것일까?

내가 옆자리에 앉아서 타고 가는 마차의 운전자는 어떨까?

내가 지나가다가 걸음을 멈추면 바닷가에서 후릿그물을 끌어당기는 어부의 기분은 어떨까?

무엇이 나를 여자와 남자의 호의에 선뜻 응하게 하고, 무엇이 그들을 나의 호의에 선뜻 응하게 하는 것일까?

8

영혼의 발산은 행복이다. 여기에는 행복이 있다.

나는 그 행복이 야외에 두루 퍼져서, 항상 기다리고 있다고 생각한다.

이내 그 행복이 우리에게 흘러든다. 우리는 적절하게 충전된다.

여기에서는 물처럼 부드러운 애착의 기질이 생겨난다.

그 물처럼 부드러운 애착의 기질은 남자와 여자의 싱

그러움이자 달콤함이다.

(아침의 풀잎들은 저마다 계속 싱그럽고 달콤하게 싹을 틔울 뿐만 아니라, 매일같이 각자의 뿌리들에서 더욱 싱그럽고 달콤한 싹을 틔워낸다.)

그 부드러운 애착의 기질이 강해지면서 젊은이와 늙은이의 몸에서 사랑의 땀방울이 배어 나온다.

그 땀방울에서 아름다움과 성취들을 비웃는 매력이 증류되어 떨어진다.

그 방울들이 쌓여서 접촉하고 싶은 몸서리치는 갈망이 부풀어 오른다.

9

함께 가자! 당신이 누구든 나랑 같이 여행을 떠나자!

나랑 같이 여행하면 당신은 절대 지치지 않는 무언가를 발견할 것이다.

지구는 절대 지치지 않는다.

지구는 거칠면서도, 조용해서, 처음에는 이해할 수 없다. 자연은 거칠어서 처음에는 이해할 수 없다.

낙담하지 마라. 계속 가라. 거기에는 성스러운 사물들이 잘 감싸여 있다.

내가 당신에게 장담하나니 거기에는 말로 다 얘기할 수 없을 만큼 아주 아름다운 성물들이 있다.

함께 가자! 우리는 여기서 멈춰 서면 안 된다.

이 종합-상점들이 아무리 향긋해도, 이 주택이 아무리 편해도 우리는 여기에 머물러 있을 수 없다.

이 항구가 아무리 안전하고 이 바다가 아무리 고요해도 우리는 여기에 닻을 내려서는 안 된다.

우리를 에워싸는 환대가 아무리 반가워도 그 환대를 받는 우리에게 허락된 시간은 겨우 잠시뿐이다.

10

함께 가자! 자극들이 더욱 격렬해질 것이다.

우리는 길 없는 거친 바다들을 항해할 것이다.

우리는 바람이 불고, 파도가 강타하고, 양키 쾌속 범선이 전속력으로 질주하는 곳으로 떠날 것이다.

함께 가자! 힘, 자유, 지구, 원소들,

건강, 도전, 흥, 자부심, 호기심과 함께,

함께 가자! 모든 정칙에서 벗어나!

당신의 정칙들, 오 박쥐-눈의 물질만능주의 사제들한테서 벗어나서.

그 썩은 시신은 길을 가로막는다 — 장지는 더 이상 기다리지 않는다.

함께 가자! 그러나 경계하라!

나와 함께 여행하는 이에게는 최고의 피, 근육, 인내가 필요하다.

남자든 여자든 용기와 건강에 이를 때까지는 아무도 그 시험에 나설 수 없다.

당신이 벌써 최고의 기력을 써버렸다면 여기에 오지 마라.

오로지 생생하고 결연한 몸으로 오는 사람들만이 올 수 있다.

병든 사람, 럼주를 마시거나 성병에 걸린 자는 여기에 올 수 없다.

(나와 나의 사람들은 언쟁, 직유, 운문으로 설득하지 않는다.

우리는 우리의 존재로 설득한다.)

11

들어보라! 나는 당신에게 솔직할 것이다.

나는 낡고 번지르르한 상품들을 주지 않고, 거칠고 새로운 상품들을 줄 것이다.

당신에게는 이런 날들이 계속 이어질 수밖에 없다:

당신은 소위 재물을 쌓지 못할 것이다.

당신은 당신이 벌거나 성취하는 모든 것들을 아낌없는 손으로 흩뿌릴 것이다.

당신이 목표로 삼았던 도시에 도착하더라도, 당신은 만족스럽게 안주하자마자 떠나라는 거부할 수 없는 외침의 부름을 받을 것이다.

당신은 당신의 뒤에 남아있는 자들의 빈정대는 웃음과 조롱의 대상이 될 것이다.

당신이 받는 사랑의 손짓들에 당신은 이별의 열정적인 키스들로 화답할 수밖에 없을 것이다.

당신은 손을 뻗어 당신을 붙잡으려는 이들의 손길을 허용하지 않을 것이다.

12

함께 가자! 위대한 동지들을 따라서, 그들의 일원이 되자!

그들 또한 그 길 위에 있다 — 그들은 잽싸고 위풍당당한 남자들이다 — 그들은 아주 위대한 여자들이다.

바다의 고요와 바다의 폭풍우를 즐기는 사람들,

수많은 배의 선원들, 수 마일의 육지를 걷는 사람들,

수많은 먼 나라들을 드나드는 사람들, 아주-먼 거처들을 드나드는 사람들,

남자들과 여자들의 위탁자들, 도시들을 관찰하는 사람들, 혼자서 힘겹게 일하는 사람들,

한동안 멈추어 작은 숲, 꽃들, 해변의 조개껍데기들을 관조하는 사람들,

결혼-축하 춤을 추는 사람들, 신부들에게 입을 맞추는 사람들, 아이들의 다정한 도우미들, 자식들을 낳는 사람들,

반란군들, 벌어진 무덤들 옆에 서 있는 사람들, 관들을 내리는 사람들,

연이은 계절 따라, 세월 따라, 해마다 지난해에 이어지는 신기한 세월을 따라 여행하는 사람들,

다양한 단계들을 거치며 생긴 동무들과 함께 여행하는 사람들,

잠복한 미생의 아기-시절부터 단계를 밟아가는 사람들,

젊음을 즐기는 여행자들, 수염을 기른 듬직한 어른 여행자들,

풍만하고, 무난하고, 만족스러운, 성숙한 여성 여행자들,

숭고한 노년의 남성 혹은 여성 여행자들,

도도하고 드넓은 우주처럼 태평하고, 활달하고, 너그러운 노년,

죽음을 앞두고 맛있는 자유를 누리며 자유롭게 흘러가는 노년.

13

함께 가자! 시작이 없었듯 끝도 없는 그곳으로 가서,

낮에는 터벅터벅 걷고, 밤에는 쉬면서, 많이 경험하자.

그 낮들과 밤들이 향하여, 나아가는 여행길에 있는 모든 것을 융합시키자.

더 위대한 여정들을 시작할 때 그것들을 다시 융합시키자.

오로지 당신이 도달하고 지나갈 수 있는 길만 바라보고 그 밖의 어떤 곳도 그 무엇도 보지 말자.

아무리 멀더라도, 시간 따위는 마음에 두지 말고, 당신

이 도달하고 지나갈 수 있는 길만 마음에 품자.

오로지 당신을 기다리며 뻗쳐있는 길, 아무리 길어도 오로지 당신을 기다리며 뻗쳐있는 길만 쳐다보거나 내려다보자.

어떤 존재, 신이나 그 어떤 존재도 찾지 말고, 당신 또한 거기로 가서,

당신이 소유할 수 있는 것만 바라보고, 수고나 구입 없이 모든 것을 만끽하며, 그 축제의 일부가 아니라 전체를 추상해서,

농부의 농장과 부자의 우아한 저택과 잘-결혼한 부부의 정숙한 축복들과 과수원의 열매들과 정원의 꽃들 중에서 알짜들을 취하자.

당신이 지나가는 조밀한 도시들에서 당신의 용도에 따라 취하자.

그 후에 당신이 어디를 가든 건물들과 거리들을 품고 가자.

당신이 마주치는 사람들의 뇌에서 그들의 마음들을 그러모으자. 그들의 가슴들에서 사랑을 그러모으자.

당신이 남겨두고 떠나는 모두를 위해, 당신이 사랑하는 사람들을 그 길로 데려가서,

우주 자체가 여행하는 영혼들을 위한 길들, 한 길이요, 수많은 길이라는 것을 깨닫게 하자.

모든 길이 영혼들의 전진을 위해 갈라져서 뻗어나간다.

모든 종교, 모든 단단한 물체들, 예술들, 정부들 — 이 지구나 어떤 천체에 분명하게 있었거나, 있는 모든 것이, 우주의 그 거대한 길들을 따라 나아가는 영혼들의 행렬 앞에서 나뉘어 틈새들과 구석들로 들어간다.

다른 모든 전진은, 우주의 그 거대한 길들을 따라가는 남녀 영혼들의 전진에, 꼭 필요한 표상이요 자양분이다.

영원히 살아있고, 영원히 나아가는,

위풍당당하고, 엄숙하고, 슬프고, 내향적이고, 당혹스럽고, 맹렬하고, 사납고, 연약하고, 불만스럽고,

절망적이고, 자랑스럽고, 다정하고, 병적이고, 사람들에게 인정받고, 사람들에게 버림받은,

그들이 간다! 그들이 간다! 나는 그들이 가는 것을 안다. 그러나 나는 그들이 어디로 가는지는 알지 못한다.

그래도 나는 그들이 최고를 향해 나아간다는 것을 안다 — 위대한 무언가를 향해서.

당신이 누구든, 나와라! 남자든 여자든 나와라!

당신은 집 안의 거기에서 잠을 자고 꾸물거리며 머물

러 있어서는 안 된다. 당신이 그 집을 지었다고 해도, 또 그 집이 당신을 위해 지어졌다고 해도.

그 어두운 감금 상태에서 벗어나라! 그 장벽 뒤에서 나와라!

항변해도 소용없다. 나는 모두 알고 있고, 다 드러낸다.

남들과 똑같이 나쁜 당신을 통해 바라보라.

사람들의 웃음소리, 춤추는 모습, 식사하는 모습, 훌쩍거리는 모습을 통해서,

옷들과 장신구들의 안쪽, 저 씻고 단장한 얼굴들의 안쪽에 있는,

은밀하고 조용한 증오와 절망을 바라보라.

어떤 남편, 어떤 아내, 어떤 친구도, 믿음을 가지고 그 고해를 들으려 하지 않았다.

또 다른 자아, 모든 사람의 똑같은 반쪽은, 살금살금 숨어서 나아간다.

형체도 없이 말도 없이 도시들의 거리를 지나간다, 객실들에서,

철도의 차량들 안에서, 증기선들 안에서, 대중 집회에서, 공손하고 온화하게 있다가,

남자들과 여자들의 집들로 돌아가면, 식탁에서, 침실에서, 모든 곳에서,

말쑥하게 차려입고, 미소하는 얼굴, 꼿꼿한 몸으로, 가슴-뼈들 밑에 죽음을, 두개골들 밑에 지옥을 감춘 채,

광폭 원단에 덮여 장갑을 끼고, 리본들과 조화들 밑에서,

습관들에 순응하여, 자기에 대해 한마디도 하지 않은 채,

자기에 대한 것만 빼고 무엇이든 다 이야기한다.

14

함께 가자! 투쟁들과 전쟁들을 이겨내며!

목표는 이미 정해졌고 철회될 수 없다.

과거의 투쟁들은 성공했는가?

무엇이 성공했는가? 당신 자신? 당신의 나라? 자연?

이제는 나를 잘 이해하자 — 성공의 결실이 무엇이든, 거기서 더욱 위대한 투쟁을 요구하는 무언가가 생겨난다는 것이 만사의 본질이다.

나의 외침은 전투의 외침이다. 나는 적극적인 반항을 키운다.

나와 함께 가는 이는 잘 무장하고 가야 한다.

나와 함께 가는 이는 왕왕 남은 음식, 가난, 성난 적들, 숱한 탈영을 겪을 것이다.

15

함께 가자! 길이 우리 앞에 있다!

이 길은 안전하다 — 내가 내내 시험하였다 — 나 자신의 두 발이 이 길을 철저하게 시험하였다 — 지체하지 말라!

종이는 백지 그대로 책상 위에 놓아두고, 책도 펴지 말고 책꽂이에 두어라!

연장들도 작업장에 그대로 놔두어라! 돈도 벌지 못한 대로 두어라!

학교도 있는 그대로 둬라! 선생님의 부르는 소리도 신경 쓰지 마라!

설교자는 설교단에서 설교하게 두어라! 변호사는 법정에서 변론하고, 판사는 법을 자세히 설명하게 두어라.

동지여, 나의 손을 잡아라!

나는 돈보다 귀한 나의 사랑을 당신에게 준다.

나는 당신에게 설교나 법이 아니라 나 자신을 준다.

당신도 나에게 당신 자신을 주겠는가? 당신도 나와 함께 여행을 떠나겠는가?

우리가 살아있는 동안 서로 딱 붙어서 지내겠는가?

브루클린 연락선을 타고 건너며

Crossing Brooklyn Ferry

1

내 밑으로 흐르는 밀물! 나는 너를 마주 본다!

서쪽의 구름 — 거기에 반 시간쯤 떠 있는 태양 — 나는 너희 역시 마주 본다.

평상복을 입은 남자들과 여자들 무리, 당신들이 어찌나 나의 호기심을 자극하는지!

연락선들을 타고 건너갔다가, 집으로 돌아오는 수백에 또 수백의 사람들, 당신들은 상상도 하지 못할 만큼 나의 호기심을 끌고,

이후의 세월에 연안에서 연안으로 건너다닐 당신들도, 상상할 수 없을 만큼 많은 나의 명상들 속에서 더욱 많은 궁금증을 낳을 것이다.

2

하루의 모든 시간에 모든 사물에서 분비되어 나를 지탱해주는 미묘한 자양분,

단순하고, 조밀하고, 잘-결합 되어 있는 체계, 나 자신이 분해되고, 모든 이가 분해되지만, 그 체계의 일부로,

과거의 닮은 사람들이자 미래의 닮은 사람들,

내가 보고 듣는 아주 작은 것들, 거리의 보도와 강을 넘어가는 길에 마치 방울들처럼 걸려있는 영광들,

아주 잽싸게 밀려들었다가 나와 함께 멀리멀리 헤엄쳐가는 조류,

나를 뒤따라올 다른 사람들, 나와 그들 사이의 관계들,

다른 사람들의 확신, 다른 사람들의 삶, 사랑, 시각, 청각.

다른 이들이 연락선의 둔들로 들어가 연안에서 연안으로 건너다니리라.

다른 이들이 밀물의 흐름을 지켜보리라.

다른 이들이 북부와 서부 맨해튼의 선박과 브루클린 남동쪽의 고지대들을 구경하리라.

다른 이들이 크고 작은 섬들을 바라보리라.

오십 년 후에는, 다른 이들이 건너가다가 그것들과 반 시간쯤 떠 있는 태양을 바라보리라.

백 년 후에는, 아니 수백 년 후에도, 다른 이들이 그것들을 보리라.

해넘이, 밀물의 빠른 유입, 바다로 돌아가는 썰물의 퇴보를 만끽하리라.

3

소용없다, 시간도, 장소도 — 거리도 소용없다.

나는 당신들과 함께 있다. 어떤 세대, 아니 이후 아주 많은 세대의 남자들과 여자들, 당신들과 함께 있다.

당신들이 강과 하늘을 바라볼 때 느끼는 것과 똑같이, 나도 느꼈다.

당신들 중 어느 누가 살아있는 무리 중 한 명이듯, 나도 어떤 무리 중 한 명이었다.

당신들이 강과 밝게 흐르는 강물에 상쾌해지듯, 나도 상쾌해졌다.

당신들이 서서 난간에 기대어 있지만, 빠른 조류에 급하게 나아가듯, 나도 서 있었으나 급하게 실려 갔다.

당신들이 배들의 무수한 돛대들과 증기선들의 굵직한-나무줄기 같은 도관들을 구경하듯, 나도 구경하였다.

나 또한 셀 수 없이 여러 번이나 옛날의 그 강을 건넜다.

열두 번째-달의 바다-갈매기들을 지켜보았다. 그 갈매기들이 하늘 높이 떠서 날개를 움직이지 않은 채, 몸을 흔들흔들하는 모습을 바라보았다.

반짝이는 노란 햇살이 그 몸들의 일부를 확 비추자 나머지 부위들이 진한 그림자에 잠기는 장면도 보았다.

느릿하게-도는 원들을 그리며 조금씩 남쪽으로 움직이는 모습도 보았다.

강물에 드리워진 여름 하늘의 반영도 보았다.

그 어른어른 반짝거리는 햇살들에 어찔어찔해진 나의 두 눈으로,

햇살이 비치는 물속의 내 두상을 감싸는 멋들어진 빛무리들도 보았다.

남쪽과 남서쪽 언덕들에 피어난 아지랑이도 구경하였다.

보라색으로 물들어 양털 구름처럼 날아가는 증기도 구경하였다.

아래쪽의 만으로 고개를 돌렸다가 도착하는 배들도 주시하였다.

그 배들이 접근하는 모습도 보았다. 나랑 가까이 있다가 승선한 사람들도 보았다.

스쿠너선들과 슬루프선들[1]의 하얀 돛들도 보았다. 정

1 스쿠너는 돛대가 두 개 이상 있는 범선, 슬루프는 돛대가 하나 있는 작은

박해 있는 배들,

삭구에 매달려 작업을 하거나 활대 위에서 다리를 쫙 벌리고 있는 선원들,

둥그런 돛대들, 흔들흔들 움직이는 선체들, 가느다란 뱀처럼 늘어진 밧줄들,

이동하는 크고 작은 기선들, 조타실의 수로 안내인들,

지나간 배가 남긴 하얀 항적, 빠르게 떨며 소용돌이치는 바퀴들,

온갖 나라들의 국기들, 해질녘에 그 깃발들이 내려지는 광경,

황혼에 물들어 부채꼴로-움직이는 파도들, 국자 모양의 파도-컵들, 장난치며 반짝거리는 물마루들,

아득히 뻗쳐서 점점 어두워지는 지대, 부둣가 화강암 창고들의 잿빛 벽들,

강 위에 무리 지어서 떠 있는 어슴푸레한 배들, 바지선, 건초-운반선, 늦게 도착한 거룻배를 양쪽에 끼고 바짝 붙어 있는 대형 증기-예인선,

인근의 해변에 있는 주물 공장 굴뚝들에서 드높이 불타올라 한밤까지 환하게 빛나는 불꽃들,

그 불꽃들이 깜빡거리며, 새빨갛고 노란 불빛과 대조되는 거무스름한 빛을 지붕들 위에 드리우고, 거리의 갈라

범선.

진 틈새들로 사라지는 광경도 보았다.

4

이런 것들과 다른 모든 것들이 당신들에게 그러하듯 나에게도 똑같았다.

나는 그 도시들을 더할 나위 없이 사랑했다. 그 웅대하고 빠른 강을 더할 나위 없이 사랑했다.

내가 보았던 남자들과 여자들이 모두 나에게는 소중했다.

다른 사람들도 똑같았다 — 내가 바라다보았기에 나를 돌아다보는 다른 사람들도.

(때가 올 것이다, 비록 나는 오늘 이 밤에 여기에서 멈추지만.)

5

그렇다면 우리 사이에는 뭐가 있을까?

우리 사이에 수십 년 혹은 수백 년이라는 수치가 있을까?

그게 뭐든, 소용없다 — 거리도 소용없고, 장소도 소용없다.

나 또한 살았다. 넉넉한 언덕들을 거느린 브루클린은 나의 것이었다.

나 또한 맨해튼 섬의 거리를 거닐었고, 그 주변의 강물 속에서 멱을 감았다.

나 또한 신기하고 느닷없는 질문들이 내 안에서 꿈틀거리는 것을 느꼈다.

낮에 사람들 틈에 있다 보면 이따금 그 질문들이 나에게 떠오르곤 하였다.

밤에 늦게 집으로 걸어가는 길이나 내가 침대에 누워 있을 때도 그 질문들이 떠올랐다.

나 또한 용액 속에 영원히 잠겨 떠 있는 그 섬에서 갑자기 생겨났다.

나 또한 나의 몸으로 신분을 얻었다.

그 과거의 내가 나의 몸을 지니고 있었다는 것을 나는 알고 있었고, 미래의 나도 나의 몸을 지니고 있으리라는 것도 나는 알고 있었다.

6

오로지 당신들에게만 어둠의 조각들이 덮치는 것이 아

니다.

어둠은 그 조각들을 내던져서 나의 몸도 내리덮었다.

나는 최선을 다했지만, 나에게는 공허하고 의심스럽게 보였다.

내가 상상했던 나의 위대한 생각들, 그것들도 실은 빈약하지 않았을까?

사악해진다는 게 뭔지 아는 사람이 당신들만 있는 것이 아니다.

내가 바로 사악해진다는 게 뭔지 알았던 사람이다.

나 또한 반목의 낡은 매듭을 졸라맸다.

분별없이 지껄였다, 얼굴을 붉혔다, 분개했다, 거짓말을 했다, 훔쳤다, 원망했다.

나는 차마 말도 못 했던 간계, 분노, 욕정, 열망들을 품고 있었다.

고집불통에, 우쭐대고, 탐욕스럽고, 얄팍하고, 음흉하고, 비겁하고, 악랄했다.

늑대, 뱀, 돼지의 심보가, 내 안에서는 부족하지 않았다.

속이는 눈길, 경솔한 말, 불순한 바람, 이런 것들도 절대 부족하지 않았다.

거절, 증오, 연기, 비굴, 나태, 이런 것들도 절대 부족하지 않았다.

다른 사람들도 한통속이었다, 다른 사람들의 나날과 우

행들도.

내가 다가가거나 지나가는 것을 보면 젊은이들이 또렷하고 큰 목소리로 나의 애칭을 불러댔다.

내가 서 있을 때면 내 목에 걸치는 그들의 팔이 느껴졌고, 내가 앉아있을 때면 나에게 느긋이 기대는 그들의 살이 느껴졌다.

거리나 연락선이나 대중 집회에서 내가 사랑했던 많은 사람들을 보았다. 하지만 그들에게 한마디도 하지 않았다.

다른 사람들과 같은 삶을 살았다. 똑같이 친근하게 웃고, 골리고, 잠을 자면서,

남배우나 여배우를 가만히 돌아다보는 역할을 하였다.

똑같이 친근한 역할, 우리가 원하는 대로 과장하거나,

아니면 우리가 원하는 대로 인색하게, 아니면 과장하면서도 인색하게 연기하면 그만인 역할을 했다.

7

한층 가까이 내가 당신들에게 다가갔는데,

이제 나에 대해 무슨 생각이 드는가, 나는 당신들에 관한 생각을 많이 지니고 있다 — 나는 내 창고들에 미리 저장해두었다.

당신들이 태어나기 전에 나는 당신들에 대해 오랫동안 진지하게 숙고하였다.

내 가슴에 뼈저리게 와닿는 것을 누가 알아주었겠는가?
그저 나는 이 일을 즐기고 있을 뿐인데 누가 알겠는가?
누가 알겠는가, 너무 멀리 떨어져 있는데, 나는 지금 당신들을 보고 있는 것이나 다름없지만, 당신들은 모두 나를 볼 수 없는데?

8

아, 나에게 돛대에 둘러싸인 맨해튼보다 위풍당당하고 감탄스러운 것이 또 있을까?
강과 저녁노을과 부채꼴로-움직이는 밀물의 파도들보다?
몸을 흔들흔들하는 바다-갈매기들, 황혼에 물든 건초-선과, 늦게 도착한 거룻배보다?
내가 다가갈 때면 내 손을 움켜잡고, 내가 사랑하는 목소리들로 지체 없이 내 애칭을 소리쳐 부르는 이 신들보다 나은 신들이 또 있을까?
내 얼굴을 들여다보는 여자나 남자에게 나를 묶어주는 이 유대의 끈보다 신비로운 것이 있을까?

그 끈이 퓨즈처럼 지금 나를 당신들 속에 연결하여, 나의 뜻을 당신들에게 마구 흘려보내는데?

그렇다면 우리가 서로 이해하지 않겠는가?

내가 언급하지 않고 약속한 것들을, 당신들이 받아들이지 않았는가?

공부가 가르쳐 줄 수 없었던 것들 — 설교가 성취할 수 없었던 것들이 이루어지지 않겠는가?

9

계속 흘러라, 강물아! 밀물과 함께 흐르고, 썰물과 함께 빠져나가라!

계속 장난쳐라, 물마루를 이루어 부채꼴로 움직이는 파도들아!

해질녘의 멋들어진 구름들아! 너희의 장관으로 나를, 아니 나를 뒤따라올 남자와 여자 세대들을 흠뻑 적셔라!

연안에서 연안으로 건너다녀라, 무수한 승객들 무리여!

우뚝 서 있어라, 마나하타[2]의 드높은 돛대들아! 우뚝

2 "마나하타"는 뉴욕주 남동부에 있는 롱아일랜드를 가리키는 아메리카 원주민들의 말로, '많은 언덕이 있는 섬'이라는 뜻이다.

솟아 있어라, 브루클린의 아름다운 언덕들아!

지끈거려라, 당혹스럽고 궁금한 뇌야! 질문들과 대답들을 쏟아내라!

여기와 곳곳에 띄워 놓아라, 영원히 떠다니는 해답아!

응시해라, 사랑하고 갈망하는 눈들아, 집이나 거리나 대중 집회에서!

소리 질러라, 젊은이들의 목소리들아! 우렁차게 음악적으로 내 애칭을 불러라!

살아라, 익숙한 삶아! 남배우나 여배우를 돌아다보는 역할을 해라!

그 익숙한 역할, 하고 싶은 대로 과장하거나 인색하게 연기해라!

숙고해라, 나를 숙독하는 당신들이여, 내가 미지의 방식들로 당신들을 바라보고 있지나 않은지.

굳건하여라, 강물을 지나가는 배의 난간아, 한가롭게 기대는 이들을 지탱해주되, 급한 조류를 타고 서둘러가라.

계속 날아라, 바다-새들아! 모로 날거나, 허공 높은 곳에서 커다란 원들을 그리며 돌아라.

여름 하늘을 받아들여라, 너 강물아, 그리하여 충실하게 그 하늘을 품고 있어라, 내려다보는 모든 눈이 너에게서 그 하늘을 받아들일 시간을 벌 때까지!

갈라져라, 멋들어진 빛무리들아, 햇살이 비치는 물속

의, 내 두상에서, 아니 모든 사람의 두상에서!

어서 오라, 아래쪽의 만에서 오는 배들아! 위로 혹은 아래로 지나가라, 하얀-돛을 단 스쿠너들아, 슬루프들아, 거룻배들아!

펄럭펄럭 나부껴라, 온갖 나라들의 깃발들아! 해질녘의 적절한 때에 내려져라!

너희의 불꽃들을 드높이 불태워라, 주물 공장의 굴뚝들아! 해거름에 거무스름한 그림자들을 드리워라! 붉고 노란빛으로 지붕들을 휘덮어라!

지금이나 이후의, 현상들이 바로 당신의 존재 양태를 보여준다.

당신도 필요불가결한 엷은 막처럼, 그 영혼을 계속 감쌀 것이다.

우리의 아주 거룩한 향기가 나를 위해 내 몸을, 당신을 위해 당신 몸을 감싸며 맴돌 것이다.

번창해라, 도시들아 — 너희의 화물을 들여와라, 너희의 자랑거리들을 제공해라, 넉넉하고 충분한 강물아,

팽창해라, 아마 이보다 영적인 삶은 그 어디에도 없을 것이다.

각자의 자리를 지켜라, 물체들아, 너희보다 영속하는 물체들은 어디에도 없을 것이다.

당신들은 내내 기다렸다. 당신들은 언제나 기다린다, 말이 없는, 아름다운 성직자들이여,

우리는 마침내 자유로운 기분으로 당신들을 받아들인다. 하지만 앞으로도 만족하지는 못할 것이다.

당신들은 더 이상 우리를 저지하지 못할 것이며, 우리를 멀리하지도 못할 것이다.

우리는 당신들을 이용하되, 당신들을 저버리지 않는다 — 우리는 당신들을 우리 안에 영원히 심는다.

우리는 당신들의 마음을 헤아리지 않는다 — 우리는 당신들을 사랑한다 — 당신들 안에도 완전함이 들어 있다.

당신들은 영원토록 당신들의 역할을 다할 것이다.

크든 작든, 당신들은 영혼에 대한 당신들의 역할을 다할 것이다.

나는 앉아서 바라다본다

I Sit and Look Out

나는 앉아서 세상의 온갖 슬픔과 온갖 억압과 치욕을 바라다본다.

나는 저지른 짓들을 후회하며 자책하는 젊은 사내들이 은밀히 격렬하게 흐느끼는 소리를 듣는다.

나는 자식들에게 학대당해 죽어가는, 방치되어, 몹시 여위고, 절망적인 어머니의 비참한 삶을 들여다본다.

나는 남편에게 학대당한 아내를 바라본다. 나는 젊은 여인들을 유혹하는 그 불충한 남편을 바라본다.

나는 숨기고픈 질투와 짝사랑의 괴로운 상처들을 주시한다. 나는 대지 위의 그런 상흔들을 바라본다.

나는 전투, 유행병, 폭정의 현장들을 바라본다. 나는 순교자들과 죄수들을 바라본다.

나는 바다에 든 기근을 주시한다. 나는 남은 사람들의 목숨이나마 지키고자 제비를 뽑아서 죽을 사람을 가리는 뱃사람들을 주시한다.

나는 거드럭거리는 자들이 노동자들, 가난한 사람들, 흑인들 같은 이들에게 퍼붓는 온갖 모욕과 멸시를 주시한다.

이런 모든 것들 — 끊임없는 온갖 비열한 짓들과 고통

을 나는 앉아서 바라다본다.

보고, 듣고, 말을 잃는다.

여자가 나를 기다린다

A Woman Waits for Me

여자가 나를 기다린다. 그녀는 모두를 품고 있다. 아무 것도 부족한 게 없다.

하지만 섹스가 없다면, 아니 적합한 남자의 수분이 없다면, 모든 것이 부족하다.

섹스는 모든 것을 담는다, 육체들, 영혼들,

의미들, 증거들, 순결, 만족, 결과, 공표들,

노래들, 명령들, 건강, 긍지, 모성의 신비, 정액,

대지의 온갖 희망, 은혜, 선물들, 온갖 열정, 사랑, 미, 기쁨들,

대지의 모든 정부, 판사들, 신들, 뒤따르는 사람들,

이런 것들이 섹스 자체의 요소들이자 정당한 이유들로 섹스 안에 담겨있다.

부끄러움 없이 내가 좋아하는 남자는 자기 섹스의 쾌감을 알고 인정한다.

부끄러움 없이 내가 좋아하는 여자도 자기 섹스의 쾌감을 알고 인정한다.

이제 나는 무감한 여자들을 멀리할 것이다.

나는 나를 기다리는 여자와 나에게 정열적이고 나를 만족시키는 여자들과 함께 머물 것이다.

분명 그들은 나를 이해하고 나를 거절하지 않을 것이다.

분명 그들은 나랑 어울릴 것이다. 나는 그 여자들의 강건한 남편이 될 것이다.

그들은 나보다 조금도 모자라지 않는다.

그들의 얼굴도 빛나는 햇살과 부는 바람에 그을려 있다.

그들의 몸도 본연의 성스러운 유연성과 힘을 지니고 있다.

그들도 수영하고, 노를 젓고, 말을 타고, 씨름하고, 총을 쏘고, 달리고, 치고, 후퇴하고, 전진하고, 저항하고, 자신을 지키는 법을 알고 있다.

그들도 정당한 자격을 지닌 최고의 존재다—그들은 고요하고, 맑고, 아주 침착하다.

나는 당신들, 여자들을 나에게 끌어당긴다.

나는 당신들을 놓아줄 수 없다. 나는 당신들을 이롭게 할 것이다.

나는 당신들에게 어울리고, 당신들은 나에게 어울린다.

우리 자신을 위해서만이 아니라, 타인들을 위해서도,

당신들의 몸속에 감싸여 더 위대한 영웅들과 시인들이 잠들어 있다.

그들은 나 말고는 어떤 남자의 접촉에도 깨어나기를 거부할 것이다.

당신들 여자들에게, 길을 내는 이는 바로 나다.

나는 단호하고, 짓궂고, 호방하고, 외골수다. 그러나 나는 당신들을 사랑한다.

나는 절대 필요 이상으로 당신들을 아프게 하지 않는다.

나는 이 합중국에 적합한 아들들과 딸들을 낳을 원료를 쏟아붓는다. 나는 서서히 거친 근육으로 밀어붙인다.

나는 내 몸을 효과적으로 긴장시킨다. 애원해도 나는 듣지 않는다.

나는 내 몸속에 아주 오랫동안 축적해온 물질을 다 침전시킬 때까지 절대 빼지 않는다.

당신들 속으로 나는 나 자신의 갇혀 있던 강물을 배출한다.

당신들 속에 나는 일천 년의 미래를 숨겨놓는다.

당신들의 몸에 나와 아메리카의 총아들이 배어있는 접목들을 접붙인다.

내가 당신들의 몸에 방출하는 그 방울들이 자라나서 맹렬하고 강건한 소녀들, 새로운 예술가들, 음악가들과 가수들이 될 것이다.

내가 당신들의 몸에 배게 하는 아기들도 자신들의 차례가 오면 아기들을 밸 것이다.

나는 나의 사랑을 아낌없이 소비한 만큼 완벽한 남자들과 여자들을 요구할 것이다.

지금 나와 당신들이 서로 정을 통하듯, 나는 그들 역시 다른 사람들과 서로 정을 통하리라 기대할 것이다.

지금 내가 내 몸에서 쏟아내는 소나기의 결실들을 기대하듯, 나는 그들의 몸에서 용솟음칠 소나기의 결실들도 기대할 것이다.

나는 지금 내가 아주 애정을 기울여서 심는 사랑스러운 작물들의 탄생, 삶, 죽음, 불멸을 지켜볼 것이다.

언젠가 나는
어느 붐비는 도시를 지나갔다

Once I Pass'd Through A Populous City

언젠가 나는 어느 붐비는 도시를 지나가다가 훗날에 쓰려고 그 도시의 광경들, 건물, 풍습들, 전통들을 나의 뇌리에 새겨두었다.

그런데 그 도시의 모든 것 중에서 지금 내가 기억하는 것은 거기서 우연히 만난 한 여인뿐이다. 그녀가 나를 사랑한다며 붙들었다.

낮이면 낮 밤이면 밤마다 우리는 함께 있었다 — 그 밖의 다른 모든 것은 오래전에 내 기억에서 사라져버렸다.

내가 말할 수 있는 것은 그저 열정적으로 나에게 매달렸던 그 여인밖에 기억나지 않는다는 것이다.

다시 우리는 돌아다닌다. 우리는 사랑한다. 우리는 다시 헤어진다.

다시 그녀가 내 손을 붙잡는다, 나에게 가지 말라고.

나는 내 옆에 딱 붙어서 말 없는 입술을 슬프게 떨고 있는 그녀를 바라본다.

얼굴들
Faces

1

보도를 거닐거나 말을 타고 시골 샛길을 달리는, 보라, 그런 얼굴들!

우정, 신중, 조심, 온화, 이상이 배어있는 얼굴들,

정신적인-예지능력을 지닌 얼굴, 늘 반기는 평범하고 다정한 얼굴,

음악을 노래하는 사람의 얼굴, 천부적인 변호사들과 등-윗부분이 널찍한 판사들의 위엄 있는 얼굴들,

이마가 툭 튀어나온 사냥꾼들과 어부들의 얼굴들, 정통파 신자들의 면도한 핼쑥한 얼굴들,

순수하고, 엉뚱하고, 갈망하고, 미심쩍어하는 예술가의 얼굴,

어떤 아름다운 영혼이 배어있는 추한 얼굴, 잘생겼지만 밉살스럽거나 혐오스러운 얼굴,

아기들의 성스러운 얼굴들, 많은 자식을 둔 어머니의 환한 얼굴,

바람기가 있는 얼굴, 존경심이 배어있는 얼굴,

어떤 꿈을 품고 있는 듯한 얼굴, 꿈쩍 않는 바위 같은 얼굴,
좋고 나쁜 면모를 빼앗겨버린 얼굴, 거세된 얼굴,
고정 도구에 날개들이 꽂혀 있는, 야생 매의 얼굴,
거세하는 사람의 압박과 칼에 결국 굴복한 종마의 얼굴.

이렇게 보도를 거닐거나, 끊임없는 연락선을 타고 건너는, 얼굴들과 얼굴들과 얼굴들,
나는 그 얼굴들을 보며 불평하지 않고, 모든 얼굴에 만족한다.

2

만일 내가 그 얼굴들을 그들의 최종 얼굴이라고 생각한다면 그 모든 얼굴들에 내가 만족할 수 있으리라고 생각하는가?

자 이 얼굴은 사내치고는 너무나 한탄스러운 얼굴이다.
살려달라고 빌며, 그러려고 움츠리는 비굴한 이[1] 같은 얼굴,

1 포유류의 몸에 기생하여 피를 빨아먹고 사는 곤충을 말한다.

구덩이에서 꿈틀거리게 내버려 두는 것으로도 감지덕지하는 젖 방울-코의 구더기 같은 얼굴.

이 얼굴은 쓰레기를 킁킁거리는 개의 코 같다.

뱀들이 그 입 안에서 똬리를 틀고 있다. 나는 식식거리는 위협의 소리를 듣는다.

이 얼굴은 북극해보다도 차가운 연무 같다.

그 얼굴의 졸음에 겨워 뒤뚱거리는 빙산들이 떠다니며 으드득거린다.

이것은 씁쓸한 약초 같은 얼굴, 이것은 구토제 같은 얼굴이다. 이런 얼굴들에는 꼬리표가 필요 없다.

하물며 약품-선반, 아편팅크, 생고무, 또는 돼지-비계기름 같은 얼굴들은 말할 것도 없다.

이 얼굴은 간질 같다. 이 얼굴의 말 없는 혀는 섬뜩한 비명을 내지른다.

핏줄들이 목 밑에 불거져 있다. 두 눈을 굴려도 흰자위밖에 보이지 않는다.

이빨들이 서걱거린다. 두 손바닥이 안으로 파고든 손톱들에 베어 갈라져 있다.

이 사람은 멀쩡하게 사색하다가, 바닥에 쓰러져서 몸부림치며 거품을 문다.

이 얼굴은 해충과 벌레들에게 물린 얼굴이요,
이것은 살인자의 반쯤-뽑힌 칼집에 박혀 있는 칼 같은 얼굴이다.

이것은 무덤 파는 일꾼에게 정말 참담한 요금을 빚진 얼굴이다.
끊임없는 조종 소리가 그곳에서 울린다.

3

나와 똑같은 용모를 지닌 사람들이여, 주름투성이의 유령처럼 나아가면 내가 속을 것 같은가?
천만에, 당신들은 나를 속이지 못한다.

나는 당신들의 절대-지워지지 않는 동글동글한 윤곽들을 본다.
나는 당신들의 초췌하고 초라한 가면 테두리들에 가려져 있는 속을 들여다본다.

당신들이 원하는 대로 떡 벌리고 비비 꼬아 보아라, 물고기들이나 쥐들처럼 말려드는 주둥이들로 찔러 보아라.

당신들의 부리망이 벗겨지고 말 것이다. 틀림없이 그리 되고 말 것이다.

나는 정신병원에 감금되어 침을 질질 흘리는 아주 지저분한 바보의 얼굴을 보았다.

그리고 나는 다행히도 그들이 알지 못하는 것을 알게 되었다.

나는 내 형[2]의 마음을 다 비워서 망가뜨려 버린 요인들을 알았다.

똑같은 요인들이 쓰러진 공동주택에서 나오는 쓰레기를 치우려고 기다린다.

나는 한두 해가 지나면 다시 볼 것이다.

그때가 되면 어느 모로 봐도 나만큼 건강하고, 완전하고 무탈한, 진짜 주인을 만날 것이다.

2 "내 형"은 에드워드 휘트먼(1835-1892)을 가리킨다. 그는 정신적인 장애를 지닌 사람으로, 동생의 보살핌을 받았다. 1892년 같은 해에 동생 월트 휘트먼이 죽고(3월) 여덟 달 후(11월)에 형 에드워드가 사망하였다.

4

그 주인은 나아간다. 계속 나아간다,

늘 그림자를 앞세우고, 늘 뻗쳐있는 손으로 느림보들을 일으켜 세우면서.

이 얼굴에서 깃발들과 말들이 나타난다 — 오 멋들어지게! 다가오는 무언가가 보인다.

나는 높은 개척자-모자들을 알아본다. 길을 트며 내달리는 이들의 지팡이들을 본다.

나는 승리의 북소리를 듣는다.

이 얼굴은 구명정 같다.

이것은 수염을 기른 위엄 있는 얼굴이다. 그 얼굴은 다른 사람들의 호의를 바라지 않는다.

이 얼굴은 먹음직스러운 맛있는 과일 같다.

이 건강하고 정직한 소년의 얼굴은 온갖 장점을 갖춘 계획표다.

이 얼굴들은 잠들어 있거나 깨어있는 계명을 품고 있다.

그 얼굴들은 주님 자신의 혈통임을 보여준다.

내가 해온 말 중에서 나는 단 한마디도 제외하지 않는다 — 붉은색, 흰색, 검은색, 모두가 신성하다,

각자의 집 안에 알이 있다. 그 알이 천년 후에 깨고 나올 것이다.

그 집의 창문들에 묻은 얼룩들이나 갈라진 틈들도 나를 방해하지 않는다.

당당하고 흡족한 모습으로 뒷받침하면서 나에게 신호들을 보낸다.

나는 그 약속을 읽어내고 참을성 있게 기다린다.

이것은 완숙한 백합의 얼굴이다.

그녀가 정원의 말뚝 근처에 있는 유연한 엉덩이의 사내에게 말을 건다.

이리 와요, 그녀가 얼굴을 붉히며 소리친다. *유연한 엉덩이의 사내 씨 나에게 가까이 와요.*

내가 당신의 몸에 최대한 높이 기댈 때까지 내 곁에 서서,

희끔한 꿀로 나를 가득 채워주세요. 나에게 몸을 수그려서,

당신의 까끌까끌한 수염으로 내 몸을 문질러 주세요.

나의 가슴과 양어깨를 문질러 주세요.

5

많은 자식을 둔 어머니의 늙은 얼굴,

쉿! 나는 완전하게 만족한다.

첫날[3]-아침의 연무가 늦게 피어나 잠잠해진다.

연무가 울타리 옆에 늘어선 나무들을 휘덮고 나직이 걸려있다.

연무가 사사프라스 나무들과 야생-벚나무들과 그 밑의 청미래-덩굴에 엷게 걸려있다.

나는 한 파티에서 화려하게 차려입은 부유한 숙녀들을 보았다.

나는 가수들이 아주 오랫동안 노래하는 소리를 들었다.

누군가가 하얀 거품과 푸른 물에서 진홍빛 젊은이의 모습으로 솟아올랐다는 얘기를 들었다.

저 여자를 보라!

그녀가 퀘이커교도의 모자 밖으로 내다본다. 그녀의 얼굴이 하늘보다 맑고 더 아름답다.

3 "첫날"은 일요일, 혹은 주일을 말한다.

그녀가 농가의 그늘진 현관 아래 놓여있는 안락의자에 앉는다.

바로 그 순간에 햇살이 그녀의 늙고 하얀 머리를 비춘다.

그녀의 낙낙한 가운은 크림 빛깔의 아마섬유 제품,

그녀의 손자들이 아마를 키웠고, 그녀의 손녀들이 실패와 물레로 그 아마포를 짰다.

대지의 음악적인 속성,

철학이 넘어갈 수 없고 넘어가고 싶어 하지도 않는 종착지,

인간의 정당한 어머니.

이 까무잡잡한 얼굴을 보라

Behold This Swarthy Face

이 까무잡잡한 얼굴, 이 잿빛의 눈,

이 수염, 내 목의 깎지 않은 하얀 털,

나의 갈색 손과 매력 없는 나의 과묵한 태도를 보라.

그런데도 맨해튼 사람은 다가왔다가 헤어질 때면 언제나 내 입술에 가볍게 건강한 사랑의 입맞춤을 한다.

나도 길의 건널목이나 배의 갑판에서 보답의 입맞춤을 한다.

우리는 육지와 바다에서 아메리카 동무들의 그 인사를 관찰한다.

우리가 바로 그 자연스럽고 천연덕스러운 두 사람이다.

어느 농장 풍경

A Farm Picture

평화로운 시골 헛간의 널찍한 열린 문을 통해 보이는,
소와 말들이 풀을 뜯는 해 밝은 목초지,
아지랑이와 원경, 그리고 아련히 멀어지는 아득한 지평선.

황소-길들이는 사람

The Ox-Tamer

머나먼 북부의 평온한 전원 지역에 있는 한 군에

내 이야기의 주제, 황소 길들이기로 소문난, 나의 농부 친구가 산다.

그곳의 농부들은 세 살짜리와 네 살짜리 황소들을 그에게 데려와서 놈들의 기 좀 꺾어달라고 부탁한다.

그는 세상에서 가장 사나운 수소도 붙잡아서 놈의 기를 꺾고 길들일 것이다.

그는 채찍도 없이 겁도 없이 어린 황소가 안달복달하며 뜰을 이리저리 돌아다니는 곳으로 다가갈 것이다.

황소가 머리를 허공으로 발딱 쳐들고 격앙된 두 눈을 부라리며 들썩들썩 뒤흔든다.

그런데 보라! 얼마나 빨리 황소의 격노가 가라앉는지 — 얼마나 빨리 이 길들이는 농부가 그놈을 길들이는지.

보라! 이 부근 농장들에 백여 마리의 어린 황소들과 늙은 황소들이 있는데, 그가 바로 그 소들을 길들인 사람이다.

그 황소들이 모두 그를 안다. 모두가 그에게 다정하다.

어떤 소는 정말 아름다운 동물들로, 아주 고결해 보인다.

어떤 소는 누런-색, 어떤 소는 얼룩이, 어떤 소는 등을 따라 하얀 줄이 나 있고, 어떤 소는 얼룩무늬,

어떤 소는 널찍하고 번지르르한 뿔을 지니고 있다(일종의 길상) — 그 빛나는 가죽들 좀 보라,

이마에 별들을 품은 저 두 놈 좀 보라 — 저 둥글둥글한 몸집들과 널찍한 등짝들 좀 보라,

어찌나 똑바로 당당하게 네 다리로 서 있는지 — 어찌나 멋지고 총명한 눈인지!

황소들이 자기들을 길들이는 사람을 어찌나 주시하는지 — 그 소들은 그 사람이 자기들 가까이 있기를 바란다 — 그의 거동을 쫓아다니는 황소들의 눈길 좀 보라!

어찌나 갈망하는 표정인지! — 그가 자기들한테서 멀어질 때면 어찌나 불안한 표정인지.

그래서 나는 무척 궁금하다, 그 황소들한테 그 친구는 대체 어떤 존재로 비칠까, (책들, 정치, 시들을 떠나 — 그 밖의 모든 것을 떠나서)

고백하건대 나는 그저 그 친구의 매력이 부러울 따름이다 — 나의 조용한 친구, 글도 모르는 친구,

백 마리의 황소가 그곳 농장들에서 사는 그 친구를 사랑한다,

머나먼 북부의 한 군에 있는 그 평온한 전원 지역에서.

엄마와 아기
Mother And Babe

나는 엄마의 가슴에 포근히 안겨 자는 아기를 본다.

잠든 엄마와 아기 — 숨죽인 채, 나는 그들을 오래오래 탐구한다.

포마노크 풍경

A Paumanok Picture

그물을 싣고 앞바다에, 아주 조용히 떠 있는 작은 배 두 척,

기다리는 열 명의 어부들 — 그들이 밀집한 청어 떼를 발견한다 — 그들이 연결된 후릿그물-끄트머리를 물속에 떨어뜨린다.

두 배가 분리되어 노를 저어 나간다. 저마다 정해진 진로를 둥그렇게 돌아서 해변으로 향하며, 청어 떼를 에워싼다.

해변에서 대기하고 있는 사람들이 윈치로 그물을 끌어당긴다.

어부들 중 일부는 각자의 배에 느긋이 서 있고, 일부는 발목까지 차는 물속으로 들어가서, 튼튼한 두 다리로 균형을 잡고 서 있다.

한쪽으로 기울어진 두 배, 그 배들을 찰싹찰싹 치는 바닷물,

물 밖으로 완전히 빠져나와, 모래밭에 산더미처럼 쌓여 흩어져 있는, 푸른-등의 점박이 청어들.

루이지애나에서 자라는 상록-떡갈나무를 보았다

I Saw In Louisiana A Live-Oak Growing

루이지애나에서 자라는 상록-떡갈나무를 보았다.

오롯이 홀로 그 나무는 서 있었고 이끼가 나뭇가지들에 피어 늘어져 있었다.

동무 하나 없이 그 나무는 거기서 자라며 진녹색의 이파리들을 퍼뜨리고 있었다.

그 나무의 거칠고, 꿋꿋하고, 활기찬 모습이 나 자신을 돌아보게 하였다.

그런데 어떻게 근처에 친구 하나 없이 거기 홀로 서서 즐거운 이파리들을 퍼뜨릴 수 있었는지 나는 궁금했다, 나는 그럴 수 없다는 것을 알고 있었기에.

그래서 나는 일정한 수의 이파리가 맺히고 작은 이끼에 휘감겨 있는 나뭇가지 하나를 꺾어,

가져와서, 그 가지를 내 방의 눈에 띄는 곳에 놓아두었다.

그 나무가 나에게 나의 소중한 친구들을 상기시킬 필요는 없다.

(요즘에 나는 그 친구들 외에 다른 것은 거의 생각하지 않는 듯하니.)

그래도 그 나무는 나에게 어떤 특별한 징표로 남아있다. 그 나무가 나에게 굳센 사랑을 생각하게 한다.

그 상록-떡갈나무는 루이지애나의 그 넓고 평평한 공간에서 홀로 반짝거리며,

근처에 친구나 연인도 없이 평생 즐거운 이파리들을 퍼뜨리겠지만,

나는 그러지 못하리라는 것을 아주 잘 알기에.

낯선 사람에게

To A Stranger

지나가는 낯선 사람이여! 당신은 내가 얼마나 간절하게 당신을 바라보는지 모른다.

당신은 내가 찾고 있었던 그 남자, 혹은 내가 찾고 있었던 그 여자가 틀림없다. (마치 꿈을 꾸듯 내게 다가오나니)

나는 어디에선가 틀림없이 당신과 함께 흥겨운 삶을 살았다.

우리가 서로 획 스치는 순간에 다 기억난다. 유려하고, 다정하고, 정숙하고, 성숙한

당신은 나와 함께 자랐다. 나랑 같이 자란 소년 혹은 나랑 같이 자란 소녀였다.

나는 당신과 함께 밥을 먹고 당신과 함께 잤다. 당신의 몸이 당신의 몸만 되었던 것도 아니고 나의 몸에 내 몸만 남아있었던 것도 아니다.

우리가 지나칠 때, 당신은 나에게 당신의 두 눈, 얼굴, 살의 기쁨을 준다. 당신은 보답으로, 나의 수염, 가슴, 두 손의 기쁨을 받는다.

나는 당신에게 말을 걸지 않을 뿐이다. 나는 홀로 앉아 있을 때나 밤에 홀로 깨어있을 때 당신에 대해 생각할 것

이다.

나는 기다릴 것이다. 나는 내가 당신을 다시 만나리라는 것을 의심하지 않는다.

나는 꼭 그럴 것이고 나는 당신을 잃지 않을 것이다.

법정에서 재판받는 흉악범들

You Felons On Trial In Courts

법정에서 재판받는 흉악범들,

감방에 갇힌 재소자들, 선고받고 쇠사슬에 수갑이 채워진 암살자들,

나는 재판을 받거나 감옥에 갇히지 않았을 뿐, 나 역시 같은 부류 아닌가?

내 손목이 쇠사슬에 묶이지 않고, 내 발목이 쇠사슬에 묶이지 않았을 뿐, 그 누구에 못지않게 무자비하고 사악한 나 아닌가?

인도에서 관능미를 과시하거나 방 안에서 음탕한 창녀들

내가 누군데 당신들이 나보다 더 음탕하다고 하겠는가?

오 유죄 맞다! 인정한다 — 자백한다!

(오 숭배자들이여, 나를 찬미하지 마라 — 나를 칭찬하지 마라 — 당신들이 나를 움찔하게 하나니.

당신들이 보지 못하는 것을 나는 본다 — 당신들이 알지 못하는 것을 나는 알고 있다.)

이 가슴-뼈들 속의 나는 하도 더러워져서 숨이 턱턱 막힐 지경이다.

무표정한 듯이 보이는 이 얼굴 밑에서 지옥의 물결이 끊임없이 흐르고 있다.

나는 온갖 욕망과 악의를 수시로 받아들인다.

나는 격정적인 사랑을 품고 범죄자들과 함께 돌아다닌다.

나도 그들의 일부로 느낀다 — 나 자신도 그 죄수들과 창녀들 중 한 명이다.

앞으로도 나는 그들을 부인하지 않을 것이다 — 내가 어떻게 나 자신을 부인할 수 있겠는가?

당신에게

To You

당신이 누구든, 당신이 꿈길들을 걷고 있을까 봐 나는 두렵다.

이런 가상의 실재들이 당신의 발과 손 밑으로 녹아내릴까 봐 나는 두렵다.

지금조차 당신의 이목구비, 기쁨들, 언어, 집, 직업, 태도, 골칫거리들, 어리석은 행동들, 의상, 죄악들이 당신에게서 흩어져 사라진다.

당신의 진정한 영혼과 육체가 내 앞에 나타난다.

그것들이 사건들 밖으로 나와서, 상업, 상점들, 일터, 농장들, 옷들, 집 밖으로 나와서, 사고, 팔고, 먹고, 마시고, 괴로워하며, 죽어가고 있다.

당신이 누구든, 이제 나는 내 손을 당신에게 얹는다. 당신은 나의 시가 될 것이다.

나는 내 입술을 당신의 귀에 가까이 대고 속삭인다.

나는 그동안 많은 여자와 남자들을 사랑했다. 그러나 나는 그 누구도 당신만큼 완전하게 사랑하지 않는다.

오 나는 그동안 내내 미적거리며 잠자코 있었다.

내가 오래전에 당신에게 곧장 다가갔어야 했는데,

오로지 당신한테만 종알거렸어야 했는데, 오로지 당신한테만 노래해 줬어야 했는데.

내가 모든 것을 두고 찾아가서 당신에 대한 찬가들을 지어주겠다.

아무도 당신을 이해하지 못했다. 그러나 나는 당신을 이해한다.

아무도 당신을 공정하게 대하지 않았다. 당신도 당신 자신을 공정하게 대하지 않았다.

당신을 불완전하다고 여기지 않은 이는 아무도 없었다. 그러나 나는 당신한테서 어떤 불완전함도 발견하지 못했다.

당신을 밑에 두고 싶어 하지 않는 이는 아무도 없었다. 그러나 나는 당신을 밑에 두는 것에 절대로 동의하지 않는 사람이다.

나는 당신 자신 속에 내재 되어 기다리는 것들 외에, 그 어떤 주인, 소유주, 더 나은 것, 신마저도 당신 위에 두지 않는 사람이다.

화가들은 운집한 집단과 모든 집단의 중심-인물을 그려왔다.

그 중심-인물의 머리에서는 금색의 빛나는 원광이 퍼져나간다.

그러나 나는 무수한 머리들을 그리되, 금색의 빛나는 원광이 없는 머리는 그리지 않는다.

나의 손길에 모든 남자와 여자의 뇌에서 그런 원광이 흐르듯이, 끊임없이 찬란하게 흘러나온다.

오 내가 그렇게 당신을 감싸는 장려하고 장엄한 광경들을 노래할 수 있다면!

당신은 그동안 당신이 어떤 사람인지 몰랐다. 당신 자신은 살아오는 내내 계속 잠들어 있었다.

당신의 눈꺼풀들도 대부분의 시간 동안 똑같이 감겨 있었다.

그동안 당신이 해온 일들이 벌써 대꾸하며 조롱하고 있다.

(당신의 검약, 지식, 기도들도 대꾸하며 조롱한다. 그렇게라도 대꾸해주지 않는다면 무슨 소용이 있겠는가?)

그 조롱들은 당신이 아니다.

그런 조롱들 밑에 그리고 그 안에 당신이 숨어 있다는 것을 나는 알고 있다.

나는 지금껏 아무도 뒤쫓지 않았던 당신을 쫓아다닌다.

침묵, 책상, 경박한 표정, 밤, 익숙한 일상, 이런 것들이 다른 사람들이나 당신 자신으로부터 당신을 숨겨주지 않는다면, 나한테서도 당신을 숨겨주지 못한다.

면도한 얼굴, 동요하는 눈, 불순한 안색, 이런 것들이 타인들을 막지 못한다면 나 역시 막지 못한다.

당돌한 복장, 혐오스러운 태도, 주취, 탐욕, 요절, 이런 모든 것들도 나는 옆으로 제쳐놓는다.

남자든 여자든 당신 안에 기록되어 있지 않은 기질은 없다.

남자든 여자든, 당신 안에 들어있는 미덕, 아름다움만큼 훌륭한 것은 없다.

타인들 안에 들어있는 어떤 담력, 어떤 인내력도, 당신 안의 그것들만큼 훌륭한 것은 없다.

타인들을 기다리는 어떤 기쁨도, 당신을 기다리는 기쁨만은 못하다.

나로 말할 것 같으면, 나는 무엇이든 당신한테 조심스럽게 건네고 난 다음에야 같은 것을 다른 이에게 준다.

나는 당신에 대한 영광의 노래들을 다 부른 다음에야, 다른 사람들이나, 신에 대한 영광의 노래들을 부른다.

당신이 누구든! 어떤 위험에 처하든 당신의 권리를 요구하라!

동양과 서양의 온갖 광경들도 당신에 비하면 지루하다.

이 광대한 목초지들, 이 무한한 강들, 당신도 그런 것들과 마찬가지로 광대하고 무한하다.

자연의 분노들, 원소들, 폭풍들, 동요들, 명백한 소멸의 격통들, 당신이 바로 그런 것들을 지배하는 남자 주인 혹은 여자 주인이다.

당신 자신의 권리로 자연, 원소들, 고통, 열정, 소멸을 지배하는 남자 주인 혹은 여자 주인이다.

족쇄들이 당신의 발목들에서 떨어져 나간다. 당신은 언제나 변함없는 충족감을 발견한다.

늙었든 젊었든, 남자든 여자든, 무례하든, 저속하든, 남들에게 버림받았든, 당신이라는 존재를 널리 알리든 그렇지 않든,

출생, 삶, 죽음, 매장을 거치는 내내, 수단이 제공되고, 그 어떤 것도 부족하지 않을 것이다.

온갖 분노, 상실, 야망, 무지, 권태를 겪으면서, 당신이라는 존재는 조심조심 나아갈 것이다.

나라는 존재는 결국

What Am I After All

나라는 존재는 결국, 내 이름을 부르는 소리에 기뻐하는 어린아이에 지나지 않은 것인가? 그 이름을 계속 되풀이하는 소리를

멀찍이 서서 듣고 있으면 — 절대 지겹지 않다.

당신에게 당신의 이름 또한 그러리라.

당신은 당신의 이름을 부르는 소리에 겨우 두세 발음밖에 들어 있지 않다고 생각했는가?

청년, 낮, 노년과 밤
Youth, Day, Old Age and Night

건장하고, 활기차고, 다정한 청년 — 아름답고, 강력하고, 매력적인 청년,

당신은 당신의 노년도 똑같이 아름답고, 강력하고, 매력적일 수 있다는 것을 아는가?

활짝 피어 장려한 낮—거대한 태양, 행동, 야망, 웃음 가득한 낮에,

밤이 수백만의 태양과 잠과 회복시키는 어둠을 거느리고 바짝 뒤따른다.

눈물

Tears

눈물! 눈물! 눈물!

한밤에 쓸쓸하게, 눈물이

하얀 바닷가에 뚝뚝, 뚝뚝 떨어져서, 모래에 스며든다.

눈물이, 반짝이는 별 하나 없이, 온통 어둡고 황량한데,

어느 머플러 두른 머리의 두 눈에서 축축한 눈물방울들이.

오 저 유령은 누군가? 눈물에 젖은, 저 어둠 속의 형상은?

저기 저 모래밭에 구부정히, 웅크려있는 저 무형의 응어리는 무엇인가?

사납게 소리치다가 숨이 막혀서 줄줄 흐르는 눈물, 흐느끼는 눈물, 극심한 고통,

육화되어, 솟구쳐서, 잽싼 걸음걸이로 해변을 따라 질주하는 오 폭풍우!

오 사납고 음울한 밤 폭풍우여, 덩달아서—오 분출하고 발악하는 바람이여!

낮에는 고요한 용모에 일정한 걸음걸이로, 아주 차분하고 점잖다가,

밤이면 아무도 보지 않고 훽 날아가 버리는, 오 망령이여 — 오 그래서 풀리는

눈물! 눈물! 눈물의 바다여!

해질녘에 부르는 노래

Song at Sunset

지는 해의 찬란한 빛이 퍼져서 나를 가득 채우는
예언의 시간, 과거를 재개하는 시간,
나의 목을 부풀려서, 마지막 광선이 빛날 때까지,
너희 성스러운 표준, 너희 대지와 생명을 노래하리라.

내 영혼의 열린 입으로 기쁨을 외치리라.
내 영혼의 눈으로 극치를 보리라.
나의 타고난 활력으로 충실히 사물들을 찬미하리라.
끊임없이 사물들의 승리를 확증하리라.

모두가 하나같이 빼어나니!
우리가 우주라고 부르는 것, 무수한 정령들의 천체도 빼어나고,
모든 존재, 하물며 아주 작은 곤충의 움직임에 배어있는 신비도 빼어나고,
말言의 속성, 감각들, 몸도 빼어나고,
스러지는 빛도 빼어나고—서쪽 하늘의 초승달에 깃들어 있는 희미한 그림자도 빼어나고,

내가 마지막까지 보거나 듣거나 만지는 모든 것이 빼어나리니.

만물에 행복이 깃들어 있다
동물들의 자족과 태연자약에도,
해마다 돌아오는 계절들에도,
청춘의 환희에도,
성년의 힘과 홍조에도,
노년의 위엄과 고상함에도,
죽음의 장려한 전망에도.

떠나도 멋진 일!
여기에 있어도 멋진 일!
심장은 모두-똑같은 순결한 피를 분출한다!
공기를 들이마시면, 얼마나 맛있는가!
말하는 것—걷는 것—손으로 무언가를 잡는 것도!
자려고 잠자리를 마련하는 것도, 나의 장미-빛깔 몸을 바라보는 것도!
아주 흡족하고, 아주 널찍한 나의 몸을 의식하는 것도!
이 거짓말 같은 신, 내가 존재한다는 것도!
다른 신들, 내가 사랑하는 이 남자들과 여자들 틈에서 그동안 살아왔다는 것도.

내가 너와 나 자신을 열렬하게 찬미하는 것도 멋진 일!

내 생각들이 주변의 장관들에 아주 예민하게 작동하는 것도!

구름이 머리 위로 아주 조용히 지나가는 모습도!

지구가 쏜살같이 휙휙 날아가는 모습! 그리고 해, 달, 별들이 쏜살같이 휙휙 날아가는 모습도!

물이 장난치고 노래하는 모습도! (틀림없이 물은 살아있다!)

나무들이 생겨나서, 강인한 줄기들, 가지들과 잎들을 달고, 우뚝 서는 모습도!

(틀림없이 낱낱의 나무들 속에 더 많은 무언가가, 어떤 살아있는 영혼이 들어있을 것이다.)

오 사물들의 경이로움이여—가장 작은 미립자까지도!

오 사물들의 영성이여!

오 여러 시대와 대륙들을 흘러 지나서, 이제야 나와 아메리카에 도달한 음악적인 선율이여!

나는 너의 강력한 화음들을 받아들여, 그것들에 변주를 넣고, 기꺼이 그 변주들을 미래로 전달한다.

나도 한낮에 길을 안내하거나 지금처럼 저무는 태양을

즐겁게 노래한다.

나도 대지와 대지에서 자라는 모든 생명의 지능과 아름다움에 두근거린다.

나도 나 자신의 거부할 수 없는 외침을 내내 느꼈다.

내가 기선을 타고 미시시피강을 내려갔을 때도,

내가 대초원을 두루 돌아다녔을 때도,

내가 살아오는 내내, 내가 나의 창문들 나의 두 눈을 통해 바라보는 내내,

내가 아침에 길을 나섰을 때, 내가 동녘에서 부서지는 빛을 바라보았을 때도,

내가 동부 바다의 해변에서, 그리고 다시 서부 바다의 해변에서 목욕했을 때도,

내가 내륙 시카고의 거리들, 내가 그동안 거닌 모든 거리,

아니면 도시들이나 고요한 숲들, 심지어 처참한 전쟁터 한가운데서 배회했을 때도,

내가 지나온 모든 곳에서 나는 나 자신을 만족과 승리로 가득 채웠다.

나는 마지막까지 현대와 고대의 평등들을 노래할 것이다.

나는 사물들의 끝없는 대단원들을 노래할 것이다.

나는 자연이 존속하고, 영광이 계속되리라고 단언한다.

나는 전기처럼 찌릿한 목소리로 찬미한다.

나의 눈에는 우주에서 불완전한 사물은 하나도 보이지 않고,

나의 눈에는 우주에서 결국 통탄할 단 하나의 원인이나 결과도 보이지 않기 때문이다.

오, 지는 해여! 시간은 다 되었으나,

나는 변함없이 너의 밑에서 지저귈 것이다. 딱히 무슨 일을 하지 않더라도, 한결같은 숭배의 노래를 부를 것이다.

대초원의 밤

Night on the Prairies

대초원의 밤,

저녁 식사가 끝났다. 모닥불이 맨땅에서 나직이 탄다.

피곤한 이민자들이 담요로 각자의 몸을 감싼 채, 잠을 잔다.

나는 혼자 걷는다 — 나는 서서 별들을 바라본다. 지금처럼 별들을 실감한 적이 없는 것 같다.

지금 나는 불멸과 평화를 흡수한다.

나는 죽음과 시련의 명제들을 황홀하게 바라본다.

어찌나 많은지! 어찌나 영적인지! 어찌나 농후한지!

똑같은 늙은이와 영혼 — 똑같은 묵은 열망들과 똑같은 만족감.

나는 낮을 아주 찬란하다고 생각했다, 비-낮이 선보이는 것들을 볼 때까지는.

나는 이 지구면 충분하다고 생각했다, 내 주변에서 무수한 다른 천체들이 갑자기 소리 없이 나타날 때까지는.

우주와 영원에 대한 커다란 생각들이 내 마음을 그득 채우는 지금부터 나는 그 생각들의 잣대로 나 자신을 잴 것이다.

그리고 지구의 생명체들처럼 머나먼 길을 따라 도달했거나, 도달하기 위해 기다리고 있거나,

지구의 생명체들보다 더 멀리까지 나아간, 다른 천체들의 생명체들과 접촉하고 있는

지금부터 나는 그 생명체들을 무시하지 않을 것이다, 내가 나 자신의 생명,

아니면 나와 마찬가지로 멀리서 도달했거나, 도달하기 위해 기다리고 있는 지구의 생명체들을 무시하지 않듯이.

오 나는 이제야 삶이 나에게 모든 것을 보여줄 수 없다는 것을 알았다, 낮도 모든 것을 드러내지 못하듯이.

이제는 내가 죽음에 의해 드러날 무언가를 기다려야 한다는 것도 안다.

자는 사람들

The Sleepers

1

나는 밤새도록 나의 환상 속에서 돌아다닌다.

가벼운 발걸음으로 움직이며, 잽싸게 소리 없이 움직이다가 걸음을 멈추고,

뜬 눈으로 자는 사람들의 닫힌 눈들을 굽어보고,

돌아다니다가 어찌할 바를 모르고, 넋이 나가서, 어울리지 않게, 자가당착에 빠져,

멈칫하고, 응시하고, 수그리고, 멈춘다.

몸을 뻗고 고요히 누워있는 이들이 어찌나 엄숙해 보이는지,

요람에 든 어린아이들이 어찌나 조용히 숨을 쉬는지.

권태를 느끼는 사람들의 가련한 이목구비, 시체들의 하얀 이목구비, 술고래들의 납빛 얼굴들, 자위하는 이들의 창백한-잿빛 얼굴들,

깊은 상처를 입고 전장에 버려진 육신들, 튼튼한-문의

방들에 갇혀 있는 정신이상자들, 신성한 천치들, 골짜기에서 나오는 신생아들과 골짜기에서 나와 죽어가는 이들,

밤이 그들에게 스며들고 그들을 껴안는다.

결혼한 부부가 침대에서 고요히 잠을 잔다. 신랑은 아내의 엉덩이에 자신의 손바닥을 얹고, 신부는 남편의 엉덩이에 자신의 손바닥을 얹은 채로.

자매가 그들의 침대에서 나란히 사랑스럽게 잠을 잔다.

형제가 그들의 침대에서 나란히 사랑스럽게 잠을 잔다.

그리고 어머니가 자신의 어린 자식을 조심스럽게 감싸고 잠을 잔다.

봉사들이 잠자고, 귀머거리와 벙어리들이 잔다.

죄수가 감옥에서 잘 잔다. 가출한 아들이 잔다.

다음날 교수형에 처할 살인자, 그는 어떻게 잘까?

그리고 살해당한 사람, 그는 어떻게 잘까?

짝사랑하는 여자가 자고,

짝사랑하는 남자가 잔다.

온종일 돈 벌 궁리를 했던 사람의 머리가 잠을 자고,

격분하는 성격도 배반하는 기질도 모두, 모두 잠을 잔다.

나는 어둠 속에서 두 눈을 내리깐 채, 몹시-괴로워하고 몹시 불안한 사람들 곁에 서 있다.

나는 그들로부터 몇 인치 떨어져서 나의 두 손을 달래듯이 이리저리 움직인다.

불안한 이들이 침대에 푹 파묻혀 있다. 그들이 발작적으로 잠을 잔다.

이제 나는 어둠을 꿰뚫어 본다. 새로운 존재들이 나타난다.

지구가 나에게서 물러나 밤으로 들어간다.

나는 지구가 아름답다는 것을 알고 있었고, 나는 이제 지구가 아닌 것도 아름답다는 것을 안다.

나는 침대 옆에서 침대 옆으로 건너간다. 나는 한 명씩 돌아가며 다른 잠자는 이들과 꼭 붙어서 잔다.

나는 나의 꿈속에서 꿈꾸는 다른 이들의 모든 꿈을 꾼다.

그래서 나는 꿈꾸는 다른 사람들이 된다.

나는 춤이다 — 자 놀자! 감정이 북받치면 나는 빠르게 빙빙 돈다!

나는 언제나-웃음이다 — 초승달이 뜨고 황혼이 지는

시간이다.

나는 달콤한 과자를 숨기는 장소를 알고 있다. 내가 어느 쪽을 보든 재빠른 유령들이

땅과 바닷속 깊이, 땅도 아니고 바다도 아닌 곳에, 숨기고 또 숨기는 모습이 눈에 들어온다.

저기 저 비범한 날품팔이 장인들도 일 처리를 잘한다.

하지만 나에게는 아무것도 숨기지 못하고, 숨길 수 있더라도 그러지 않는다.

나는 내가 그들의 십장이라고 생각하고 그들은 나를 애완견 삼아 데리고 다니며,

나를 에워싸고 나를 이끌다가 내가 걸어가면 앞으로 뛰어가서,

그들의 기묘한 머리덮개들을 번쩍 치켜들고 양팔을 활짝 펼치며 나에게 신호를 보내고, 다시 길을 나아간다.

계속 우리는 나아간다. 즐거운 불한당 패거리! 명랑하게-고래고래 노래하고 기쁨의 깃발들을 신나게-펄럭이면서!

나는 남배우, 여배우, 유권자, 정치인,

이주민이자 망명자, 법정에 섰던 범죄자,

내내 유명했던 사람이자 오늘 이후로 유명해질 사람,

말을 더듬는 사람, 멋진-몸을 지닌 사람, 쇠약하거나 나약한 사람이다.

나는 설레는 마음으로 몸을 치장하고 머리칼을 둘둘 말아 올린 여자다.

나의 게으름뱅이 연인이 찾아왔는데, 벌써 어둡다.

어둠아 너를 두 배로 부풀려서 나를 맞이해다오.

나와 나의 연인 또한 맞이해다오. 그이는 나를 꼭 붙들고 놔주지 않을 것이다.

나는 침대 같은 당신의 몸 위에서 뒹군다. 나는 그 어스름에 나의 몸을 맡긴다.

내가 부르면 그이가 화답하고 내 연인의 자리를 차지한다.

그이가 나와 함께 침대에서 조용히 일어난다.

어둠아, 네가 나의 연인보다 부드럽구나. 그이의 몸이 땀범벅 되어 헐떡이고 있었다.

나는 아직 그이가 나의 몸에 남겨놓은 그 뜨거운 수분을 느낀다.

나의 두 손이 펼쳐져서 나아간다. 나는 그 손들을 사방팔방으로 움직인다.

나는 당신이 여행하고 있는 그 어둑한 기슭에 드높이 소리치고 싶다.

조심해라 어둠아! 벌써 뭔가가 내 몸에 와 닿았는데 그게 뭐였을까?

나는 내 연인이 가버렸다고 생각했다. 그러지 않았다면 어둠과 그이가 한 몸이라는 것이다.

나는 그 가슴-뛰는 소리를 듣는다. 나는 따라간다. 나는 아득히 사라진다.

2

나는 나의 서쪽 행로를 내려간다. 나의 근육들이 축 늘어진다.

향기와 혈기가 내 몸속으로 흘러가고 나는 그것들이 지나간 흔적이다.

그 흔적이 늙은 여인의 얼굴을 대신하는 노르스름하고

주름진 나의 얼굴이다.

나는 밀짚-바닥의 의자에 푹 주저앉아 조심스럽게 내 손자의 양말들을 깁는다.

겨울 한밤에, 잠을 못 이루고 밖을 내다보고 있는 미망인 역시 나다.

나는 얼음처럼 창백한 대지를 반짝반짝 비추는 별빛을 바라본다.

수의를 나는 바라보고 어느새 나는 그 수의다. 나는 어느 몸을 감싸고 관 속에 누워있다.

땅속의 여기는 어둡다. 여기에는 불행이나 고통이 없다. 여러 가지 이유로, 여기는 비어있다.

(내가 보기에 빛과 공기 속에 있는 만상이 꼭 행복해야만 할 것 같다,

자신의 관과 어두운 무덤 속에 있지 않은 이는 누구나 충분한 복을 누리고 있음을 깨닫기를 바란다.)

3

나는 알몸으로 소용돌이치는 바닷물결 헤치고 헤엄쳐 가는 아름다운 거인을 바라본다.

그의 갈색 머리칼이 머리에 딱 들러붙어 가지런하다. 그가 대담하게 두 팔을 휘저으며 나아간다. 그가 두 다리를 부지런히 죄어친다.

나는 그의 하얀 몸을 본다. 나는 그의 담대한 두 눈을 본다.

나는 그의 몸을 세차게 몰아쳐서 바위에 곤두박질치려는 급류-소용돌이 물결을 증오한다.

너, 악당같이 붉은 방울-흩뿌리는 파도야 무슨 짓이냐?

네가 그 용감한 거인을 죽일 참이냐? 네가 중년의 혈기 왕성한 그를 죽일 참이냐?

흔들림 없이 오랫동안 그는 분투한다.

그가 몸부림치다가, 부딪쳐서, 상처를 입는다. 그는 힘이 남아있는 한 계속 버틴다.

철썩 치는 소용돌이 물결이 그의 피로 얼룩진다. 그 물결이 그를 실어 간다. 그 물결이 그의 몸을 굴리고, 그의 몸을 때리고, 그의 몸을 빙빙 돌린다,

그의 아름다운 몸이 휘도는 물결에 감겨 떠오른다. 그 몸이 바위들에 잇따라 부딪쳐서 상처를 입는다.

그 용자의 시체가 순식간에 시야에서 사라지고 만다.

4

나는 돌아서지만, 나의 몸이 차마 벗어나지 못한다.

혼란스러운 미궁에, 다시 빠진다. 하지만 아직 어둠이 깔려 있다.

해변이 면도칼 같은 얼음-바람, 조난-총성들에 잘려 나간다.

폭풍우가 가라앉는다. 달이 버둥거리며 진눈깨비를 헤치고 나타난다.

나는 배가 무력하게 끝을 향해 나아가는 지점을 바라본다. 나는 그 배가 쾅 부딪치는 소리를 듣는다. 나는 경악하여 아우성치는 소리들을 듣는다. 그 소리들이 점점 희미해진다.

나는 나의 손가락들을 비틀어댈 뿐 도와줄 수가 없다.

나는 그저, 내 몸이 흠뻑 젖어 얼어붙든 말든, 큰 놀로 돌진할 수 있을 뿐이다.

나는 사람들과 함께 수색한다. 승선한 사람들 중에서 단 한 명도 살아서 우리에게 밀려오지 않았다.

아침에 나는 힘을 보태 시체들을 수습해서 헛간에 그들을 줄지어 눕힌다.

5

전쟁 중이었던 옛날 이맘때, 브루클린에서 패한

워싱턴[1]이 그 전선 안에 서 있다. 그가 참호-파인 언덕 위에 장교들에 둘러싸여 서 있다.

그의 얼굴이 차갑고 축축하다. 그는 흐르는 눈물방울들을 억누를 수가 없다.

그가 망원경을 들어서 두 눈에 대고 하염없이 바라본

1 조지 워싱턴(1732~1799)은 미국 독립전쟁(영국의 식민지였던 미국이 영국과 벌인 전쟁, 1775~1783)에서 미국 식민지 부대의 사령관이었으며, 1789년에 미국의 초대 대통령이 되었다. 1776년 8월 27일에 브루클린 전투에서 영국군에 패한 독립군의 총사령관 워싱턴은 영국군에게 완전히 포위될 것을 염려하여 8월 29일부터 30일까지 독립군을 롱아일랜드에서 맨해튼으로 철수시켰다. 미국 역사에서 이 철수작전은 독립군의 피해를 최소화한 중요한 결정으로 간주 된다.

다. 두 뺨의 색조가 핼쑥하게 변한다.

그가 남부 용사들, 그들의 부모들이 그를 믿고 맡긴 병사들이 학살된 현장을 지켜본다.

마침내, 마침내 평화가 선포되는 순간도 딱 이맘때.

그가 낡은 선술집의 방 안에 서 있다. 경애하는 병사들이 모두 지나간다.

이어서 장교들이 말없이 천천히 다가온다.

최고 사령관이 그들의 목을 팔로 감싸고 그들의 뺨에 입을 맞춘다.

그가 한 명 한 명의 젖은 뺨들에 차례로 가볍게 입을 맞춘다. 그가 두 손을 흔들며 군에 작별을 고한다.

6

나의 어머니가 어느 날 나랑 함께 앉아서 저녁을 먹다가 나에게 들려준 이야기 역시 이맘때다.

어머니가 거의 다 자란 소녀로 고향의 낡은 농가에서 부모님과 함께 살던 시절의 이야기였다.

한 볼그족족한 인디언 여인이 어느 날 아침 식사-시간

에 그 낡은 농가로 찾아왔다.

그녀는 골풀-바닥 의자에 쓰이는 골풀 한 묶음을 등에 지고 있었다.

그녀의 곧고, 윤나고, 성기고, 까맣고, 풍성한 머리카락이 그녀의 얼굴을 반쯤-뒤덮고 있었다.

그녀의 발걸음은 막힘없이 통통 튀었고, 그녀가 말을 할 때면 목소리가 무척 아름답게 들렸다.

나의 어머니는 기쁨과 놀라움이 뒤섞인 표정으로 그 낯선 여인을 바라다보았다.

어머니는 그 여인의 길쭉하고 좁다란 얼굴과 통통하고 나긋나긋한 팔다리의 생기를 눈여겨보았다.

어머니는 그녀를 보면 볼수록 그녀가 마음에 들었다.

어머니는 그리 놀랍도록 아름답고 순수한 여인을 본 적이 없었다.

어머니가 벽난로 석벽 옆에 있던 의자에 그 여인을 앉혔다. 어머니는 그녀를 대접할 음식을 요리했다.

어머니에게는 그녀에게 줄 만한 일거리가 없었다. 그러나 어머니는 그녀에게 추억과 도타운 사랑을 주었다.

그 볼그족족한 인디언 여인은 아침나절 내내 머물렀고, 오후의 중간 나절 무렵에 그녀는 떠났다.

아 나의 어머니는 그녀를 떠나보내고 싶지 않았다.

그 주 내내 어머니는 그녀를 생각했다. 어머니는 여러 달 동안 그녀를 기다렸다.

어머니는 여러 번의 겨울과 여러 번의 여름이 지나갈 때까지 그녀를 기억했다.

그러나 그 볼그족족한 인디언 여인은 한 번도 찾아오지 않았고 다시는 소식조차 들리지 않았다.

7

여름의 보들보들한 징후 — 보이지 않는 무언가의 감촉 — 빛과 공기의 은밀한 정사.

나는 다정한 모습에 질투가 나고 심란해지면,

몸소 빛과 공기의 꽁무니를 쫓아다닌다.

오 사랑이여 여름이여, 너희는 온갖 꿈속과 내 안에 들어 있다.

가을과 겨울도 그 꿈들 속에 들어 있다. 농부가 근검근면하게 지내면,

가축들과 작황이 늘어난다. 곳간들이 흡족하게-찬다.

원소들이 한밤중에 융합된다. 배들이 그 꿈들 속에 항적을 남긴다.

선원이 항해한다. 망명자가 고국으로 돌아온다.

탈주자가 다치지 않고 돌아온다. 이민자가 여러 달 여러 해 만에 돌아온다.

가난한 아일랜드 사람이 어린 시절의 수수한 집에서 친숙한 이웃들 친근한 얼굴들과 함께 산다.

이웃들이 따듯하게 그를 맞이한다. 그는 다시 맨발이다. 그는 자신이 부자라는 것을 잊는다.

네덜란드 사람이 집으로 항해하고, 스코틀랜드 사람과 웨일스 사람이 집으로 항해하고, 지중해의 원주민이 집으로 항해한다.

영국, 프랑스, 스페인의 모든 항구로 승객을 가득 실은 배들이 들어간다.

스위스 사람이 고향 언덕을 향해 걸어간다. 프러시아[2] 사람이 고향길을 간다. 헝가리 사람이 고향길을 가고, 폴란드 사람이 고향길을 간다.

스웨덴 사람이 돌아가고, 덴마크 사람과 노르웨이 사람이 돌아간다.

2 프러시아는 프로이센의 영어명으로, 현재 독일의 북부에 있었던 왕국(1701~1918).

고향을 향해 가고 타향을 향해 간다.

수영하다가 행방불명된 아름다운 사람, 권태로운 사람, 자위하는 사람, 짝사랑하는 여자, 돈벌이 잘하는 사람,

남배우와 여배우, 자기 역할을 끝낸 사람들과 시작하려고 기다리는 사람들,

다정한 소년, 남편과 아내, 유권자, 선택받은 입후보자와 실패한 입후보자,

이미 알려진 위인들과 오늘 이후 어느 때든 위대해질 사람들,

말을 더듬는 사람, 병든 사람, 완벽한 몸을 지닌 사람, 가정적인 사람,

법정에 섰던 범죄자, 앉아서 그에게 판결을 내렸던 판사, 유창한 변호사들, 배심원들, 청중,

웃는 사람과 우는 사람, 춤꾼, 한밤의 과부, 볼그족족한 인디언 여인,

폐병 걸린 사람, 단독 걸린 사람, 천치, 학대받은 사람,

대척지의 주민들과 어둠 속에서 이런저런 사람들과 섞여 사는 낱낱의 사람들,

나는 이제 그들이 평등하다고 단언한다 — 누구 하나 다른 이보다 나은 이는 없다고,

밤과 잠이 그들을 동등하게 만들어서 그들을 회복시켰다고.

나는 그들이 모두 아름답다고 단언한다.

자는 사람 모두가 아름답다. 그 희미한 빛 속에 있는 만물이 아름답다.

아주 거칠고 아주 잔인한 생태가 끝나고, 모두가 평화다.

평화는 언제나 아름답다.

천국의 신화는 평화와 밤을 가리킨다.

천국의 신화는 영혼을 가리킨다.

영혼은 언제나 아름답다. 영혼은 크게 보이거나 영혼은 작게 보인다. 영혼은 다가오거나 영혼은 뒤처져서 꾸물거린다.

영혼은 자신의 나무들에 둘러싸인 정원에서 나와서 자기 자신을 즐겁게 바라보다가 세상을 에워싼다,

이전에 분출한 성기들을 완전하게 말끔히, 합착하는 자궁을 완전하게 말끔히,

잘-자라서 균형 잡히고 완전한 머리와 균형 잡히고 완전한 창자들과 관절들까지.

영혼은 언제나 아름답다.

우주는 질서 속에서 정연하게 존재한다. 만물은 각자의

자리에서 존재한다.

이미 태어난 것은 자기 자리에서 존재하고, 기다리는 것도 자기 자리에서 존재할 것이다.

꼬여있는 두개골은 기다린다. 물기가 많거나 썩은 피는 기다린다.

대식가나 성병 걸린 사람의 자식이 오래 기다리고, 술고래의 자식이 오래 기다리고, 술고래 자신도 오랫동안 기다린다.

살다가 죽어서 자는 사람들이 기다린다. 멀리 앞서간 사람들은 그들의 차례가 오면 더 나아갈 것이고, 멀리 뒤처진 사람들은 그들의 차례가 오면 나타날 것이다.

다양한 만물은 변함없이 다양할 것이다. 그러나 그 모두가 흐르다가 결합할 것이다 — 그것들은 지금 결합한다.

8

옷을 벗고 누워서 자는 이들은 매우 아름답다.

그들이 옷을 벗고 누운 채로 서로 손을 잡고 흘러서 동쪽에서 서쪽까지 온 지구를 휘덮는다.

아시아 사람들과 아프리카 사람들이 서로 손을 잡는다. 유럽 사람들과 아메리카 사람들이 서로 손을 잡는다.

배운 사람과 못 배운 사람들이 서로 손을 잡고, 남자와 여자가 서로 손을 잡는다.

소녀의 맨팔이 연인의 맨가슴에 엇걸려 놓인다. 그들이 욕정 없이 꽉 껴안는다. 연인의 입술이 소녀의 목을 꾹 누른다.

아버지가 자신의 성숙한 혹은 미숙한 아들을 무한한 사랑으로 자기 품에 껴안고, 아들이 아버지를 무한한 사랑으로 자신의 품에 껴안는다.

어머니의 하얀 머리칼이 딸의 새하얀 손목 위에서 빛난다.

소년의 숨결이 어른의 숨결과 어우러진다. 친구가 친구에게 꽉 안긴다.

학생이 교사에게 입 맞추고 교사가 학생에게 입을 맞춘다. 학대받은 이가 건강해진다.

노예의 부르는 소리가 주인의 부르는 소리와 하나 되어, 주인이 노예에게 인사한다.

악한이 감옥에서 걸어 나온다. 정신이상자가 멀쩡해진다. 아픈 사람들의 고통이 없어진다.

발한과 발열이 멈춘다. 건강하지 못했던 목이 건강해진다. 폐병 환자의 폐가 회복된다. 기력 없이 괴로웠던 머리가 가벼워진다.

류머티즘 환자의 관절들이 전처럼 부드럽게 움직이고,

전보다 부드러워진다.

갑갑한 것들과 길들이 뻥 뚫린다. 마비된 것들이 나긋나긋해진다.

부풀어 오르고 경련을 일으키고 뭉쳐서 막힌 것들이 깨어나면 원래의 상태로 돌아간다.

그 모두가 밤의 활성화와 밤의 화학작용을 거치고, 깨어난다.

나 역시 밤을 지나온다.

오 밤이여 나는 잠시 떠나 있을 뿐, 나는 다시금 너에게 돌아와서 너를 사랑하나니.

왜 내가 내 몸을 너에게 맡기는 것을 두려워하랴?

나는 두렵지 않다. 나는 그동안 너 덕에 잘 자라왔다.

나는 화려하게 흘러가는 낮을 사랑한다. 그러나 나는 내가 아주 오랫동안 품에 안겨 누워있었던 연인을 저버리지 않는다.

나는 어떻게 내가 너한테서 생겨났는지 모르고 나는 너와 함께 어디로 갈지도 모르지만, 나는 내가 잘 생겨났고 잘 살아가리라는 것을 안다.

나는 밤과 함께 잠시만 머물다가, 늦지 않게 일어날 것이다.

나는 적절하게 낮을 보내고 오 나의 어머니, 적절한 때에 당신에게 돌아갈 것이다.

월트 휘트먼의 삶과 『풀잎』

Walt Whitman, 1819.5.31~1892.3.26

37세의 월트 휘트먼. 『풀잎(Leaves of Grass)』(1855)의
속표지에 실린 사무엘 홀리어(Samuel Hollyer)의 강판 삽화.

월터 휘트먼Walter Whitman은 1819년 5월 31일에 미국 뉴욕주 남동부의 섬, 롱아일랜드의 웨스트힐스에서 태어났다. 그는 9남매 중 둘째로, 동명의 아버지와 구분하기 위해 어릴 때부터 "월트Walt"라는 애칭으로 불렸으며, 목수였던 아버지는 일곱 아들 중 셋을 역대 미국 대통령의 이름앤드루 잭슨, 조지 워싱턴, 토머스 제퍼슨을 따서 지었다.

월트 휘트먼은 4살 때 가족들과 브루클린으로 이사하여 그곳에서 5년간 공립학교를 다녔는데, 그것이 휘트먼이 받은 공식 교육의 전부였다. 집이 가난해서, 열한 살의 어린 나이에 일을 시작할 수밖에 없었던 휘트먼이 처음으로 구한 일자리가 변호사 사무실의 사환이었다. 그 후에, 그는 롱아일랜드의 주간 신문 『애국자』의 인쇄소 수습공으로 취직했고, 다른 인쇄소를 거쳐, 주간 신문 『롱아일랜드 스타』에 들어갔다. 이즈음부터 휘트먼은 도서관에 드나들며 지역의 토론모임에 참석하고 극장 공연도 관람하며 『뉴욕 미러』에 익명으로 시를 발표하였다. 1835년 5월에 열여섯 살의 휘트먼은 『롱아일랜드 스타』를 그만두고 뉴욕으로 갔으나, 인쇄출판 지역에 난 화재로 인해 일자리를 구하지 못한 채, 1년 만에 롱아일랜드 헴프스테드의 가족들에게 돌아간다. 그리고 여기서 1838

년 봄까지, 여러 학교에서 교사로 일했다.

1838년에, 휘트먼은 뉴욕의 헌팅턴에서 주간 신문 『롱아일랜더』를 창간하고, 발행, 편집, 인쇄, 배포와 배달까지 혼자서 처리하며 의욕적으로 일했으나, 10개월 만에 다른 사람한테 팔아넘길 수밖에 없었다. 그는 잠시 식자공으로 취직하였고, 1840년 겨울부터 1841년 봄까지 다시 교사로 살면서 여러 신문에 일련의 사설을 발표하였다. 이 무렵에, 한 학교에서 남학생들과 남색을 즐겼다는 혐의로 사람들에게 큰 곤욕을 치른 휘트먼은 1841년 5월에 뉴욕으로 돌아가서 1842년부터 1846년까지 『오로라』, 『이브닝 태틀러』, 『미러』와 『브루클린 이브닝 스타』에서, 그리고 1846년부터 1848년까지 『브루클린 이글』에서 편집인으로 살았다. 이 시절에 휘트먼은 한 잡지에 「교실에서 일어난 죽음-실화」라는 단편소설을 발표하였고 민주당 집회에 참석해서 지지연설을 하였다. 그가 1848년에 『브루클린 이글』에서 일자리를 잃은 것은 보수적인 사주와의 정치적인 성향 차이 때문이었다. 당시 자유지역당Free Soil Party, 공화당의 전신의 대의원이었던 휘트먼이 택한 길은 당의 기관지 『위클리 프리먼』의 창간이었다. 그는 1848년 9월 9일부터 1849년 9월 11일까지 이 주간 신문의 발행과 편집에 적극적으로 관여하였다.

그 후부터 1855년 『풀잎』 초판을 낼 때까지, 휘트먼은 인쇄소와 문방구 점원, 목수, 건설노동자, 부동산 투기까지, 실로 다양한 삶을 체험하거나 관찰하고 그것들을 글로 옮기며 본격적인 시인의 길로 들어섰다. 이 시기에 그는 호머의 고전들과 성서, 셰익스피어의 극들, S. T. 콜리지의 시, 월터 스콧과 찰스 디킨스의 소설들, 그리고 미국 독립전쟁의 정신적 토대를 제공한 인물로 간주 되는 토머스 페인의 급진적인 사상들을 즐겨 읽었으며, 셰익스피어의 연극들을 즐겨 관람하였고, "오페라가 없었다면 『풀잎』을 쓰지 못했을 것"이라고 언급할 만큼 오페라에 심취했으며, 장소에 상관없이 호머와 셰익스피어의 작품들을 큰소리로 낭송하며 돌아다녔다고 전해진다.

1855년 7월 4일에, 휘트먼은 마침내 『풀잎』 초판을 자비로 출판하여 세상에 내놓는다. 출판사도 없이 한 인쇄소에서 795부를 찍어서 배포한 이 시집에는 작가의 이름이 빠져 있었고, 속표지에 휘트먼 본인의 강판 초상화가 실려 있었다. 휘트먼은 서문과 12편의 자작시를 엮어서 인쇄한 이 시집을 랠프 월도 에머슨에게 보내서 의견을 구했는데, 에머슨은 시집을 읽자마자 구구절절 칭찬 일색의 편지를 다섯 장이나 써서 그에게 보내주었다. 실로 혁신적이고 충격적인 내용이 들어 있었음에도 크게 주목받지 못했을 뻔한 이 시집이 "미국이 지금까지 이룩한 재기와 지혜 중 가장 탁월하다"라는 에머슨의 평가에 큰 흥미를 불러일으켜, 바로 다음 해에 32편의 시와 에머슨의 답장 편지를 수록한 개정증보판이 나왔다.

2판의 표지에는 에머슨의 편지에서 뽑은 "위대한 이력을 시작하는 당신을 환영한다"라는 문구가 금박으로 도드라지게 새겨졌다. 그러나 에머슨의 칭찬에도 불구하고 『풀잎』을 '불경스럽고 외설적인 쓰레기'로 폄훼하는 이들도 적지 않았다. 당시에 저속하게 취급된 성적인 주제와 노골적인 성애의 표현이 주로 비판을 받았는데, 그 때문에 출판사에서 2판을 배포하지 않을 뻔했다는 후문도 전해진다.

초판이 출간되고 1주일만인 1855년 7월 11일에 휘트먼의 아버지가 65세의 나이로 사망하였고, 『풀잎』 초판을 통해 성공적으로 데뷔했음에도, 휘트먼은 여전히 가난한 시인이었다. 1857년에 휘트먼은 다시 브루클린 『데일리 타임스』에 입사해서 1859년까지 편집 일을 보았고, 1860년 3월에 『풀잎』 3판을 발행하였다. 이 시집에는 앞에서 언급한 문제의 동성애 사건을 암시하는 「창포」, 에머슨도 삭제를 권유했다는 「아담의 자식들」 등이 새로 수록되었다.

그리고 1861년 4월에 남북 전쟁이 발발하자, 휘트먼은 북부 연방군의 단결을 부르짖는 시 「두드려라! 두드려라! 북들아!」를 발표한다. 동생 조지 워싱턴이 북군에 입대해서 전선의 상황을 편지로 생생하게 전해주던 차에, 휘트먼은 『뉴욕 트리뷴』에 실린 부상자명단에서 동생의 이름을 보고 곧장 남부로 향한다. 그가 지갑까지 도둑맞아가며 밤낮으로 걸어서 도착한 전선은 그야말로 참혹한 아수라장이었다. 다행히도,

동생 조지는 가벼운 부상을 입어서 무사했으나, 숱한 부상병들의 처참한 모습에 도저히 발길이 떨어지지 않았던 휘트먼은 그곳 야영지에서 2주간 머물며 병사들을 보살폈다. 그리고 1862년 12월에 워싱턴으로 돌아와서, 군 재무관실에서 시간제로 일하며 틈틈이 여러 군 병원에 들러서 부상병들을 돌보는 자원봉사를 했다. 그는 얼마 되지 않은 급료를 쪼개서 마련한 작은 선물을 남군과 북군을 가리지 않고 부상병들에게 나눠주며 그들의 육체적 정신적 고통을 덜어주려 애썼다.

휘트먼에게 1864년의 후반기는 정신적으로 무척 괴로운 시절이었다. 1864년 9월 30일에 동생 조지가 버지니아에서 남군에 생포되었고, 또 다른 동생 앤드루 잭슨이 12월 3일에 결핵으로 사망한 데다, 같은 달에 형 에드워드마저 정신병원에 입원하였다. 그나마 다행은 윌리엄 오코너라는 친구의 도움으로 휘트먼이 1865년 1월에 내무부 인디언사무국에 취직하고, 2월 말에 동생 조지가 석방되어 무사히 돌아온 것이었다. 내무부 직원이 된 휘트먼은 1865년 5월에 승진했으나 6월 30일에 해고되고 만다. 점잖지 못하고 외설적인 시집 『풀잎』의 작가라는 것이 해고 사유였다. 다시 오코너의 도움으로 휘트먼은 법무장관실에서 일하게 되는데, 그가 맡은 일이 대통령의 사면을 목적으로 남부 병사들을 인터뷰하는 일이었다. 『새터데이 이브닝포스트』의 편집자였던 오코너는 휘트먼에게 일자리를 마련해주고, 1866년 1월 『선한 회색 시인』이라는 작은 책자까지 만들어서 그를 애국자로 추켜세우며 시집 『풀잎』을 적극적으로 옹호한 고마운 벗이었다. 그 책자 덕에 휘트먼의 애칭 "월트"가 널리 알려졌고 그의 인기도 점점 높아졌다. 이 시기에 휘트먼은 시집 『북소리와 속편』을 냈고, 그가 존경해마지않은 링컨 대통령의 죽음을 애도하는 시 「지난번 앞뜰에 라일락이 피었을 때」와 「오 선장님! 나의 선장님!」을 발표하였다. 휘트먼의 시 중에서 살아생전에 유일하게 시 선집들에 실린 시가 「오 선장님! 나의 선장님!」이었다.

휘트먼은 1867년에 다시 『풀잎』 4판을 세상에 내놓는다. 그가 1866년 8월에 법무부 장관으로부터 휴가까지 얻어가며 마지막 판으로 계획하고 준비한 시집이었으나, 출판사를 구하기가 쉽지 않았다. 그런 차에 1868년 2월에 영국에서 비평가이자 출판인 마이클 로제티가 『월트 휘트먼 시집』을 출간해서 뜻밖의 큰 인기를 얻는다. 영국의 여성작가 앤 길크리스트는 1869년에 이 시집을 접하고 크게 감동해서 『월트 휘트먼에 대한 한 영국 여성의 평가』라는 비평서를 낼 정도였다. 로제티의 소개로, 두 작가는 편지를 주고받으며 친분을 쌓았고, 남편과 사별한 길크리스트가 휘트먼에게 청혼까지 했으나, 그가 정중히 거절했다고 전해진다. 아무튼, 영국에서 얻은 명성에 힘입어 휘트먼은 다시 1870년에 『풀잎』 5판을 세상에 선보이는데, 같은 해에 『풀잎』의 저자가 열차 사고로 사망했다는 오보가 난다. 일이 잘 풀리려고 그랬는지, 1872년 6

월 1일에 프랑스의 잡지에 그의 시에 관한 비평이 실렸고, 그는 6월 26일에 다트머스대학의 졸업식에 초빙되어 졸업생들에게 축하 연설을 하는 영광을 누렸다.

그러나 그 무렵부터 그의 건강이 나빠지기 시작했다. 1873년 1월에 발작이 나서 몸의 일부가 마비된 휘트먼은 뉴저지주의 캠던에 살던 동생 조지의 집으로 들어갔고, 그해 5월에 어머니를 저세상으로 떠나보냈다. 1870년대 후반에 서부 지역을 방문할 정도로 건강을 많이 회복한 휘트먼은, 1882년에 필라델피아에서 출간한 『풀잎』의 수익금으로 캠던의 미클 거리에 자신의 집을 마련하고, 이곳으로 이사하였다.

말년의 휘트먼은 병든 몸임에도 캠던, 뉴저지, 필라델피아에서 링컨 대통령에 관해 강연하고 많은 시를 쓰면서 놀라운 저력을 보여주었다. 그러나 갈수록 병세가 악화하여, 그는 많은 시간을 캠던의 집에서 몸져누워 있었고, 그렇게 아픈 그를 이웃의 한 과부가 1885년에 집세를 내지 않는 조건으로 가정부로 들어와서 돌봐주었다. 미리 죽음을 예감한 휘트먼은 1891년 말부터 『풀잎』의 최종판, 소위 "임종 판"을 준비하며, 4,000달러를 들여서 할리 묘지에 집 모양의 화려한 화강암 무덤을 만들도록 주문하고, 그곳에 자주 드나들며 무덤의 진척 상황을 점검하였다.

그리고 이듬해인 1892년 3월 26일에 월트 휘트먼은 마침내 숨을 거두었다. 검시 결과, 그는 기관지폐렴으로 심각한

호흡장애를 앓고 있었던 데다, 흉부에 갈비뼈 하나가 함몰될 정도로 큰 농양이 들어차 있었다. 캠던의 자택에서 그의 시신이 공개되었는데, 3시간 만에 1,000명 이상의 조문객이 찾아와서 저마다 꽃과 화환을 바치는 바람에 시신을 안치한 참나무 관이 거의 안 보일 지경이었다. 3일 후에 휘트먼의 무덤에서 성대한 장례식이 열렸고, 훗날 부모님의 유해와 두 형제, 그 가족들의 유해도 이 무덤으로 이장되었다.

월트 휘트먼은 짧은 역사의 미국문학을 자신만의 고유한 필치와 형식으로 집대성해서 미국문학의 토대를 다진 국민시인이요, 거기에 자신만의 색깔로 인류 보편의 문제들을 아낌없이 남김없이 감싸고 포용함으로써 미국문학이 세계문학으로 도약할 수 있는 계기와 발판을 마련한 위대한 시인이요, 형식과 내용의 측면에서 20세기 현대영미시의 나아갈 방향을 선구적으로 예시한 세계적인 시인이었다.